Im Andenken an Gottfried Reeps,
meinen geliebten Vater

Renate Delfs

Von Peter Puff und Dickenissen

Eine ungewöhnliche Liebeserklärung an Flensburg

Husum

Umschlagbild: Tom Petersen, Südermarkt in Flensburg (Søndertorv i Flensborg)

Die Deutsche Bibliothek – CIP-Einheitsaufnahme

Ein Titeldatensatz für diese Publikation ist bei Der Deutschen Bibliothek erhältlich

3. Auflage 2002

Satz: Fotosatz Husum GmbH
Druck und Verarbeitung: Husum Druck- und Verlagsgesellschaft
Postfach 1480, D-25804 Husum – www.verlagsgruppe.de

ISBN 3-88042-955-3

Anstelle eines Vorwortes

ES WAREN TATSÄCHLICH 20 Jahre her, dass sie zusammen Examen gemacht hatten! Kaum zu glauben! Auf dieses Treffen an ihrem alten Studienort hatten sie sich wirklich gefreut, und es waren auch fast alle gekommen. Der lange Kühn fehlte, der hatte eine Anstellung an einer deutschen Schule irgendwo in Südamerika, und die kleine Meyer – die hatte doch tätsächlich noch ein Kind gekriegt! Ihr sechstes, nach acht Jahren Pause, na wie findest du das denn? Dieses aufregende Thema half dem Treffen über die erste etwas steife Stunde hinweg.

Ansonsten beäugten sie sich heimlich doch ein bisschen verwundert. Was, dieser glatzköpfige Herr, dem man den etablierten Studienrat von weitem ansah, das sollte Hagedorn sein? Der flotte Hagedorn, der während der gemeinsamen Studienzeit so viele Mädchenherzen geknickt hatte? Und diese rundliche Dame im handgewebten Rock und mit flachen Sandalen war ‚Elfchen'? Die schöne, zierliche Münchnerin, für die sie alle ein bisschen geschwärmt hatten? Sie betrachteten sich gegenseitig, und jeder dachte für sich: „Na ja, ganz so verändert habe ich mich zum Glück ja nicht."

Aber nach einem gemütlichen Essen und einem langen Spaziergang zur Burg hinauf und durch den Wald zurück hatte sich die alte Vertrautheit wieder eingefunden. Aus der Verkleidung der Erwachsenen kam der Student von damals hervor. Und da war er wieder wie vor 20 Jahren: lustig oder lahm, leichtsinnig oder strebsam, politisch engagiert oder verträumt auf Hölderlins „seliger Insel" – viel verändert hatte sich eigentlich niemand.

Jetzt saßen sie in einer kleinen Weinstube dicht aneinander gedrängt wie damals und verwunderten sich lauthals, wie es doch angehen könne, dass man sich einerseits so wie früher fühle und andererseits sich so viel Wein leisten könne! In diesem Sinne, Prosit Freunde!

Als die Reihe an Heiner kam, zu erzählen, wo er abgeblieben sei, sagte er: „Ich bin wieder in Flensburg."

„Kamst du da nicht auch damals her?"

„Ja. Ich war die ersten Jahre in Hamburg und Nürnberg, aber dann hat es mich doch wieder nach Hause gezogen."

„Merkwürdig – gerade du", sagte ‚Elfchen', „von dir hätte ich was anderes erwartet als ausgerechnet Flensburg!"

„Wieso denn nicht?", fragte Heiner, und merkte, wie er sich innerlich schon zur Verteidigung rüstete.

„Flensburg?", fragte Voss zum Glück dazwischen. „Dort kenn ich einen Hansen, ich glaub Hermann Hansen heißt er. Kennst du den?"

„Nein", sagte Heiner lachend, „in unserem Adressbuch haben wir 15 Spalten Hansens und 17 Spalten Petersens."

„Sind die Schiffsverbindungen von dort nach Kopenhagen eigentlich gut?", fragte der dicke Bürger, der schon immer eine Leidenschaft für günstige Anschlüsse gehabt hatte.

„Nein, die gibt es leider gar nicht", sagte Heiner, und noch nie war er auf die Idee gekommen, das zu bedauern.

„Flensburg – hahaha", lachte Hagedorn los, „das ist doch da, wo die Beate Uhse ... nicht?"

„Ach Hagedorn, hör doch auf!" Heiners innere Bereitschaft zur Verteidigung bekam aggressive Züge. „Alle Leute glauben, wenn sie das über Flensburg wissen, dann wissen sie schon alles."

„Habt ihr da nicht diese Verkehrssünderkartei?", fragte nun auch noch der kleine Bruhn mit seiner etwas zu schrillen Stimme, die Heiner schon früher auf die Nerven gegangen war. „Erzähl doch mal, was ist denn so schön daran, dass du dich da oben niedergelassen hast?"

Heiner zögerte einen Augenblick. Womit sollte er anfangen? Was sollte er ihnen zuerst erzählen, damit sie begreifen konnten, was er an Flensburg liebte?

„Übrigens, ich glaub, ich war da schon mal“, trompetete Müller dazwischen. „Ich hab mal mit der Klasse so’ne Reise gemacht – Cuxhaven, Bremerhaven, diese ganze Ecke da oben. Dabei hab ich meine Frau kennen gelernt. Also, das muss ich euch mal erzählen ...“

Heiner war ganz froh, dass sie erstmal vom Thema abgekommen waren. Hatte es Sinn, ihnen jetzt auch noch erklären zu wollen, dass Flensburg ja ganz woanders liegt? Er dachte: „Ich werd ihnen nachher mal was erzählen.“

Die Geschichte, die Müller da zum Besten gab, war wirklich sehr witzig, und man lachte – manchmal etwas reichlich laut – und fühlte sich wohl im Kreis der alten Freunde. Von Flensburg war an diesem Abend nicht mehr die Rede.

In der Nacht hatte Heiner in seinem Hotelbett einen seltsamen Traum: Er ging zu Hause über den Südermarkt und hörte sich auf einmal bei seinem Namen angerufen. Als er sich umblickte, stand der Kaakmann vor ihm, schwang seine Peitsche und schrie:

„Du weißt nichts über deine Vaterstadt zu erzählen? Na warte!“ Heiner rannte den Holm entlang, da versperrte ihm eine Kette von lauter Studienräten den Weg, und einer, in dem er seinen alten Deutschpauker erkannte, rief:

„Ich bin einer von den ungezählten Hansens und Petersens, die je in Flensburg gelebt haben! Das Thema des Aufsatzes lautet ‚Wem steht das Licht und brennen für?‘ Nun also wohlan! Beginnen Sie, Lorenzen!“

Heiner rannte an ihm vorbei, er wollte die Rathausstraße herauf, da sah er sich plötzlich im Theater auf der Bühne, und er sang „Stadt im Tal, umkränzt von Hügeln ...“ Sein Partner trat auf ihn zu und fragte ihn:

„Warum sind Sie wieder nach Flensburg gekommen?“

Er wollte antworten, da rief eine Stimme vom zweiten Rang: „... und nicht mal eine Fährverbindung nach Kopenhagen!“

„Aber das macht doch nichts!“, rief Heiner in den dunklen Zuschauerraum hinein, „dafür kann ich doch jederzeit nach Kollund fahren! Das Wasser der Flensburger Förde ist so schön, und seht mal, wie herrlich man da schwimmen kann ...“

Da wachte er auf, denn er hatte sich im Eifer seines Traumes das Wasserglas vom Nachttisch ins Bett gestoßen.

Als er im Zug saß, der ihn wieder nach Norden brachte, dachte er darüber nach, wie er seinen Freunden wohl Flensburg nahe bringen würde.

Kannten die Flensburg eigentlich? Er würde es ihnen zeigen.

DER ERSTE TAG

Vom Ostseebad zum Nordertor:
Über das deutsch-dänische Verhältnis

DREI HATTEN ZUGESAGT. Sie hatten ihm geschrieben, dass sie durchaus Lust hätten, in den kurzen Pfingstferien mal nach Flensburg zu kommen. Müller hatte abgesagt, weil er schon mit seiner Familie eine Reise geplant hatte – es würde höchste Zeit, dass seine Kinder mal den Limes kennen lernten – Bürger musste leider arbeiten, und Bruhn hatte sich vorgenommen, seinen Garten neu anzulegen.

Aber Hagedorn hatte es sehr gut gepasst, weil er ohnehin eine Klassenfahrt nach Schleswig-Holstein vorbereitete, ‚Elfchen' hatte die Idee geradezu „irre" gefunden, und Voss hatte ihm am Telefon gesagt, ihm wäre es sehr recht, auch mal alleine ein paar Tage zu verreisen ... ehrlich gesagt, hätten er und seine Frau augenblicklich ... na, Heiner würde schon verstehen.

Zuerst hatte er ihnen beschrieben, wie man hinkommt, Autobahn und so. Aber dann hatten sie sich entschlossen, mit dem Zug zu kommen, dann könnten sie sich in Hamburg treffen und den Rest der Reise gemeinsam machen. Er musste an Landweins Geschichte denken, der erzählt hatte, wie er zum ersten Mal nach Flensburg gefahren war und schon gleich hinter Hamburg angefangen hatte, sein Gepäck zusammenzusuchen. Nein, nein, man kann ruhig noch einen Krimi zu Ende lesen, es dauert ja noch zwei Stunden ...

Heiner stand an seinem Fenster und schaute hinaus. Jetzt saßen sie also gerade im Zug. Er konnte sich lebhaft vorstellen, wie ‚Elfchen' ab und zu aus dem Fenster hinaussehen und sagen würde: „Ziemlich langweilig, findet ihr nicht?"

Na ja! Ist ja auch nicht viel los auf der Strecke, höchstens die Rendsburger Hochbrücke über den Nord-Ostsee-Kanal. Von da oben macht es immer viel Spaß, auf die winzigen Häuschen herunterzusehen und auf die Schiffe, die so klein aussehen wie Kinderspielzeug in der Badewanne. Danach würde es wieder nicht sehr aufregend sein. Hoffentlich merken sie, wie viel größer und höher der Himmel wird! Ihm selbst kommt es immer so vor, als wenn sich die Horizonte weiten auf dem Weg nach hier. Manfred Hausmann hat mal gesagt, das hier sei keine Landschaft, sondern eine Himmel-schaft – das muss er ihnen nachher erzählen. Und was sollen wir machen, wenn das Wetter schlecht wird?

Einen grauen Himmel würden sie sicher nicht gern mögen – sich damit abzufinden lernt man wohl auch erst, wenn man lange genug hier oben lebt. Er würde ihnen mal seine Dias zeigen: dies mit der Gewitterwolke über dem Hafen, auf dem das bisschen verbleibende Licht alle anderen Farben geradezu ins Grelle verdichtet, oder diesen Nebelmorgen mit der Silhouette von Jürgensby, wo man die Stille fast hören und sehen kann. Vielleicht würden sie ihm dann zustimmen und erkennen, dass Grau auch schöne Stimmungen haben kann. Erfreulicher wäre alles natürlich bei gutem Wetter. Gerade jetzt im Juni – da könnte es herrlich werden mit den langen hellen Abenden. Dieser Morgen heute schien eigentlich einen heiteren Tag zu versprechen. Lichter Frühdunst – übrigens auch ein schönes Grau!

Heiner ertappte sich dabei, dass er Flensburg anpreisen wollte wie ein Kaufmann seine Sonderangebote. Lass uns doch mal abwarten, wie sie das finden werden – diesen schönen weiten Blick über die im Sonnenlicht glitzernde Förde mit ihren grünen Hängen! Und die Stadt, die er ihnen zeigen wollte, und die Menschen, von denen er ihnen erzählen würde!

Als Heiner mit klimpernden Autoschlüsseln zur Garage ging, um zum Bahnhof zu fahren, schüttelte Frau Jensen im ersten Stock gerade ihre Frühstückskrümel aus.

„Ist das nicht ein herrlicher Tag, Herr Lorenzen?", rief sie vergnügt. „Ich sag gestern noch zu mein Mann, Kalli, sag ich, wenn das zu Pfingsten son schönes Wetter wird, denn lass uns man bloß hier bleiben. Ich sag ja immer, wozu soll man woanders hinfahren – keine Stelle ist das so schön wie in Flensburg – nicht?" Hoffentlich, dachte Heiner, hoffentlich, Frau Jensen.

‚Elfchen' hatte sofort gesagt, als sie auf dem Balkon stand:

„Ich möchte gleich nach dem Frühstück ans Wasser", und so waren sie alle in Heiners Volvo geklettert und standen nun auf der Brücke von Ostseebad. Es war am Vormittag doch ein bisschen Wind aufgekommen, und über den Himmel segelten vergnügte weiße Wolkenkissen. ‚Elfchen' atmete ein paar Mal ganz tief ein und sagte dann fast andächtig:

„Mann, ist das hier eine Luft!"

Heiner wollte gerade entzückt fragen, ob sie jetzt wohl schon verstehen könne, warum ... aber er bremste sich.

„Hier hab ich schwimmen gelernt", sagte er stattdessen lachend. „Hier war früher eine Badeanstalt, links für Herren und rechts für Damen, und damit es zu keinen anstößigen Begegnungen kam, war die ganze Brücke durch ein trennendes Mittelgeländer in zwei Hälften geteilt. Das Ganze sollte hier mal ein Erholungsbad großen Stils werden so wie Travemünde – wenn es euch interessiert, kann ich euch davon ein bisschen erzählen. Es war ein Flensburger Arzt, Dr. Peter Henningsen, der hatte sehr fortschrittliche Ideen, scheint mir. Er interessierte einige Kaufleute für sein Projekt, und 1875 gründeten sie eine Aktiengesellschaft. Sie erwarben dies Gelände, bauten eine Badeanstalt und eine Anlegebrücke für den Dampfschiffsverkehr. Und dann wollten sie noch ein großes Hotel da oben auf dem Steilufer bauen, aber leider ging ihnen das Geld aus."

„Das wäre in der Nähe von diesen Industrieanlagen ja doch nichts geworden, oder?", fragte Voss.

„Du bist wirklich ein schlaues Kind, Voss", Hagedorn

war voller Herablassung, „wenn du dir mal die Mühe machen würdest, ein bisschen nachzudenken, dann könntest du dir vielleicht vorstellen, dass 1875 davon noch nicht viel vorhanden war. Ich schätze übrigens, das ist 'ne Werft?"

„Ja, und eine sehr leistungsfähige. Diese große Halle ist erst vor kurzer Zeit entstanden und macht die Arbeiten witterungsunabhängig. Hagedorn hat Recht, damals sah die ganze Bucht und auch das gegenüberliegende Ufer wohl noch total anders aus. Es gab sogar eine Promenade von hier bis in die Stadt – kaum mehr vorstellbar. Aber die Idee, hier einen Badeort zu bauen, war wirklich modern, und der Bau einer öffentlichen Badeanstalt auch. Sonst – für die Damen eine sehr anstößige Angelegenheit! Ihr müsst wissen, da am Strand stand ein schönes Restaurant mit einem gemütlichen Kaffeemützendach und breiten Terrassen zum Wasser hin. Und wenn da die ehrbaren Damen aus der Stadt gar noch in Begleitung ihrer Töchter Kaffee tranken, war der Anblick der badenden Herren ihnen eine rechte Anfechtung."

„Das kann ich gut verstehen", sagte ‚Elfchen', „die Badeanzüge von damals gaben allerhand preis, auch wenn sie bis ans Knie reichten!"

„Eben, das sagten sie auch, und sie sagten, die Konturen eines männlichen Körpers, auch aus hundert Meter Entfernung –"

„Na, dann hatten die wohl ein Perspektiv mit, was?", lachte Voss.

„ – auch aus hundert Meter Entfernung, wären für sie ein schockierender Anblick und durchaus dazu angetan, ihnen den ganzen Nachmittag zu verderben."

„Und die Töchter, was meinten die dazu?"

„Die wurden damals nicht gefragt."

„Und so", fuhr Heiner fort, „blieb Ostseebad bis zum heutigen Tage ein bescheidenes und solides, durchaus beliebtes Naherholungsgebiet für die Flensburger. Da hinten, diesen schönen Promenadenweg entlang, kann man bis nach Wassersleben wandern – da kann man sozusagen mit dem einen Nasenloch Waldluft und mit dem anderen den frischen Ozon der Meeresbrise einatmen."

„Und was ist das da drüben?", fragte Hagedorn, „sieht ja aus wie die Marienburg."

„Das ist die Marineschule Mürwik, das Mutterhaus für Generationen von Marineoffizieren. Kaiser Wilhelm hatte ja ein besonderes Faible für diese Waffengattung und bestimmte diesen schönen Platz für die Ausbildung seines Offiziersnachwuchses. Von da sind sie dann gekommen, die Kadetten und Fähnriche, die früher in den Flensburger Mädchenherzen so viel Platz eingenommen haben sollen, dass die Schulleistungen in den einschlägigen Klassen oft sehr zu wünschen übrig ließen. Mit der Linie 3 der Straßenbahn fuhren sie in die Stadt – davon schwärmen meine Tanten heute noch – frisch geschniegelt für einen Holmbummel, die Wasserlehrlinge oder die Wasserpest. So wurden sie von den sitzen gelassenen Flensburger Jungs genannt. Das wiederum hat mir mein Vater erzählt."

„Das ist die Liebe der Matrosen", sang Voss, „auf die Dauer, lieber Schatz, ist mein Herz kein Ankerplatz ..."

„Genau dieses, mein Lieber, und deswegen kam der eine oder andere Flensburger Primaner oder Handlungsgehilfe doch zu seiner Angebeteten, er musste nur ein bisschen Geduld haben."

„Aber es hat doch bestimmt auch viele Mädchen in Flensburg gegeben, die mit einem Mariner von hier abgezogen sind, nicht?", fragte Hagedorn. „Wenn ich mich recht erinnere, hat mir gerade neulich eine Schülerin erzählt, dass ihr Opa Marineoffizier gewesen ist und ihre Großmutter aus Flensburg stammt."

„Natürlich – manchmal war es was fürs Leben. Da fällt mir doch die schöne Geschichte ein von der Familie Brodersen in der Mathildenstraße. Da hatte der Leutnant zur See Pagel soeben um die Hand des Fräulein Tochter angehalten und mit väterlichem Wohlwollen die Erlaubnis bekommen, Ilse sichtbarlich vor den Augen der Eltern zum ersten Mal zu küssen ..."

„Das wird doch hoffentlich keine unanständige

Geschichte?“, fragte Voss und wies auf ‚Elfchen‘. Diese trat ihm voller Dank für seine Fürsorge kräftig auf die Zehen – mit ihren Reformsandalen.

„Nein, nein, keine Sorge ... also, er küsste sie, und auf einmal schrie Frau Brodersen und zeigte zu den ‚aufen‘ Gardinen – wie man bei uns sagt. Dadurch war nun nämlich diese rührende Familienszene der Öffentlichkeit mehr preisgegeben, als allen Beteiligten lieb sein konnte! Nach kurzer Beratung mit ihrem Hausherrn ergriff Mutter Brodersen die Initiative und ihre Strickjacke und eilte zum gegenüberliegenden Haus. Sie klingelte bei den beiden Fräulein Hansen, die wie sie in der ersten Etage wohnten. Als Grete, die Ältere, öffnete, fing sie gleich, ein bisschen aus der Puste, an: ‚Ach Frollein Hansen, ich wollte ja man sagen ... Sie sind es vielleicht gewahr geworden ... also unsere Ilse und der junge Leutnant Pagel ... ich mein ... also die werden ja nun verlobt. Aber öffentlich und in Tante Maass und so‘ –‚das sind die Flensburger Nachrichten –‘ fügte Heiner schnell hinzu – ‚also da geht das ja erst, wenn er befördert wird ... und wir wollten das ja nu nich gerne überall bekannt sein ...‘

‚Och, das is ja Sünde‘, sagte da Fräulein Hansen, ‚Ida is da grade mit los ...‘“

Die drei lachten laut, und Hagedorn sagte: „Ich hab das alles verstanden – nur wieso war das eine Sünde?“

Und Voss meinte: „Du sprichst überhaupt so komisch, wenn du Geschichten von hier erzählst.“

„Das kommt alles noch“, antwortete Heiner vergnügt. „Von Flensburgs eigenartiger Sprache kriegt ihr noch öfter was zu hören. Nur eines schon vorweg: Wenn wir Sünde sagen, drücken wir unser Bedauern aus. – Aber an dieser Stelle möchte ich euch auch was anderes erzählen. Ich kann erinnern, dass gleich nach dem Krieg mein Großvater oft mit mir hierhergegangen ist, um mir die vielen Schiffe zu zeigen, die damals hier lagen. Sie waren voller Flüchtlinge, Verwundeter und KZ-Häftlinge angekommen, und weder die Schiffe noch die Menschen wussten, wo sie hingehörten. Damals war die Stadt voll gestopft mit Menschen, die keine Heimat mehr hatten, und die Flensburger, an denen auch der Bombenkrieg fast vollständig vorbeigegangen war, konnten natürlich nicht ermessen, was die anderen durchgemacht hatten."

„Sag mal, hat von hier nicht auch Dönitz die Kapitulation erklärt?"

„Ja, so ist es – Flensburg war die letzte Hauptstadt des Dritten Reiches – weiter als bis hier konnte auch die übrig gebliebene Regierung nicht fliehen. Und von da drüben – genau genommen von der Sportschule, die hinter der Marineschule liegt, wurde die Kapitulation erklärt."

„Wolln wir nun nicht mal wieder ein Stück laufen?", fragte ‚Elfchen', „bei diesem schönen Sonnenschein fällt es mir – ehrlich gesagt – ein bisschen schwer, an diese bösen Zeiten zu denken."

Und während sie langsam die Brücke wieder landwärts gingen, zeigte Heiner nach rechts und sagte: „Dies Ufer ist übrigens schon Dänemark, die Grenze verläuft mitten durch die Flensburger Förde. Ihr wisst sicher, dass um die nationale Zugehörigkeit des Herzogtums Schleswig, dessen eigentliche Hauptstadt Flensburg ja war, im vorigen Jahrhundert zwei Kriege geführt wurden. Das kann man heute gar nicht mehr fassen, dass für die so genannte ‚schleswigsche Frage' so viele begeisterte junge Menschen bereit waren, ihr Leben zu lassen! Da war die Rede von ‚schönstem Enthusiasmus' und ‚Freudigkeit', und was blieb, war oft nur ein Grab auf dem Alten Friedhof in Flensburg. Da möchte ich mit euch mal hingehen, und wenn man dann sieht, wie die Eintracht des Todes die jungen Dänen, Preußen, Schleswig-Holsteiner und Österreicher verbindet, wird man doch sehr nachdenklich."

„Wie steht es jetzt in eurer Stadt mit dem Verhältnis zwischen Dänen und Deutschen?"

„Diese Grenze hier nördlich von Flensburg gibt es jetzt seit 80 Jahren – nach dem ersten Weltkrieg wurde das Herzogtum Schleswig geteilt, der Norden kam zu Dänemark, Flensburg und das, was die Dänen Südschleswig nennen, blieb deutsch. Und wenn du meine Meinung hören willst:

An dieser Regelung soll und wird wohl auch niemand jemals mehr etwas ändern. Was ich viel wichtiger finde, ist das Gemeinsame von Menschen und Landschaft, und das ist eine stärkere Kraft als das Trennende. Hier im Grenzraum hat es immer schon beide Kulturströme gegeben – darüber wird man sich auf Schritt und Tritt klar. Man muss beispielsweise mal die Inschriften in unseren alten Kirchen studieren – dänische in Flensburg, deutsche in Tønder und Sønderborg. Manchmal ist es ein altes Plattdeutsch, in dem beide Sprachen vorkommen. Also, ich bin dafür, dass man sich gegenseitig akzeptiert und nach der gemeinsamen Urgroßmutter sucht."

„Das kann ich nur unterstreichen", sagte Voss nachdenklich. „In unserer heutigen Welt – da verlieren solche Fragen wohl wirklich an Bedeutung."

Sie waren wieder am Auto angekommen.

„Eigentlich bin ich ja noch gar nicht zu Ende mit dem, was ich euch hier erzählen wollte – aber wie ich euch kenne, hättet ihr Lust auf eine kleine Pause, stimmt's?"

„Ich wollte dich schon vorhin mal fragen – ging nicht die Kunde, dass es in Flensburg ein besonders gutes Bier gibt?"

„Ich möchte nochmal auf diese Grenze in unserer unmittelbaren Nähe zurückkommen", sagte Heiner, nachdem sie sich in Wassersleben in einem gemütlichen Lokal an einen Fensterplatz gesetzt hatten und auf die Förde schauten.

„Diese enge Beziehung zu Dänemark hat die Geschichte unserer Stadt ganz eindeutig geprägt, nicht zuletzt in ihrer wirtschaftlichen Entwicklung. Aber aus dem engen Nebeneinander von Deutsch, Dänisch und Plattdeutsch, von dem ich vorhin schon mal sprach, hat sich schließlich auch etwas entwickelt, was kein Flensburger entbehren möchte: unsere eigene Sprache. Jedem in der Ferne weilenden Kind dieser Stadt wird warm ums Herz, wenn es Wörter wie ‚tumpig', ‚Sünde', ‚Schau', oder ‚Paas' hört."

„Das hab ich ja vorhin schon gesagt", warf Hagedorn

lebhaft ein, „du sprichst manchmal so komisch, das ist mir schon früher bei dir aufgefallen."

„Szeh, und da kann ich nichts für", lachte Heiner, „und das ist auch nicht immer leicht und verstehen uns, aber das können wir ab."

„Dürfen deine Schüler auch so sprechen, Herr Lehrer?", fragte ‚Elfchen' und lachte. „Los, erzähl uns mal ein bisschen in deiner Flensburger Sprache."

„Ohaueha, das ist nicht leicht und kommen damit zurecht, also wolln mal sagen, das is ein bösen Kommzurecht, wenn ein is nicht von hier, und mennigein hat sich da schon bös mit abgemarst. Szeh, ich soll mich richtig mal verlangen, um ihr euch nicht verjagen tut, wenn ich sag ‚ich bring dich um' oder ‚ich sah ihr aufen Rücken'. Aber ihr sollt sehn, da kommen wir noch oft auf zu sprechen, und ihr müsst immer schön fragen, wenn ihr was nicht verstehen tut. Prost."

Und nach dieser langen Rede ließ Heiner sich erstmal einen ordentlichen Schluck Bier schmecken. Die drei anderen sahen ihn kopfschüttelnd an. „Dass du ein bisschen verrückt bist, habe ich immer schon gewusst", sagte Voss schließlich, „aber ich hab das Gefühl, hier in Flensburg lernt man dich erst richtig kennen."

„Da hast du Recht, es gibt merkwürdige Menschen in Flensburg, und wenn wir heute Abend bei mir einen oder auch mehrere schöne Grogs trinken, dann will ich euch ein paar Prachtexemplare vorstellen – das heißt – ich muss euch von ihnen erzählen. Eine Geschichte ist mir vorhin aber schon eingefallen, als wir da hinten über das Ende des Dritten Reiches sprachen. Ganz am Anfang dieser braunen Epoche wollte ein Parteifunktionär vor einer Versammlung von Flensburger Arbeitern die Segnungen der neuen Zeit schildern, er wollte mit großen Worten die Herrlichkeit des aufsteigenden Reiches darstellen. Große Worte aber werden hier oben meist mit Skepsis aufgenommen. In seinem Bemühen, besonders deutlich und besonders eindrucksvoll zu sein, suchte unser Redner nach einem starken Bild und fand es auch. Er hätte es lieber bleiben lassen sollen. Er sagte:

‚Wir wollen die Bewegung mit einem Adler vergleichen! Joseph Goebbels ist der Kopf, Hermann Göring, das sind die Schwingen, Adolf Hitler aber – das ist das Herz!‘ Da kam es trocken, aber deutlich aus der Zuhörerschar: ‚Und du bist de Mors.‘“

Nachdem sie ihr Bier ausgetrunken hatten, bestand ‚Elfchen‘ trotz der 15 Grad Wassertemperatur darauf, ihre Reformsandalen auszuziehen und in die kühle Ostsee zu waten. Nachher brauchte sie natürlich von allen drei Freunden die Taschentücher, um sich die Füße wieder abzutrocknen. Und als sie dann voll Vergnügen barfuß durch den feuchten Sand stapfte, sahen die drei ihr stumm und etwas verträumt zu. Jeder von ihnen hatte auf seiner Hirnrinde die Projektion von dem schmalen ‚Elfchen‘ von vor zwanzig Jahren, in das sie alle verknallt gewesen waren.

Und Voss sagte leise: „Können wir jetzt nicht lieber wieder Ruth zu dir sagen?“

„Klar!“, rief sie vergnügt, „das andere ist mir schon lange ein bisschen zu blöd.“

„Ist es euch recht, wenn wir auf dem Nachhauseweg noch einen kleinen Umweg durch die Neustadt machen?“, fragte Heiner, als sie ein bisschen benommen – bis auf Ruth – wieder im Auto saßen. „Oder habt ihr für heute schon genug?“

„Nein, bitte, auf alle Fälle“, sagten sie, „wir haben von der Stadt ja eigentlich noch gar nichts gesehen.“

Also fuhren sie durch die Apenrader Straße von oben in die Neustadt hinein.

„Könnt ihr da hinten das Nordertor sehen?“, fragte Heiner. „Das war bis 1796 die wirkliche Grenze des bebauten Stadtgebietes. Erst danach erlaubte der Rat, auch ‚aussen dem Tore‘, also hier, zu bauen. Hier siedelte sich Flensburgs erste Industrie an, Eisengießereien, das Gaswerk, die Werft und so weiter. Vorher hatte es hier draußen nur ein paar landwirtschaftlich genutzte Ländereien gegeben, Schiffszimmerplätze, Lehmhalden für eine Ziegelei, Fischteiche und den Galgen.“

„Huh“, sagte Ruth, „stand der hier in der Nähe?“

„Ja, zumindest stand er so, dass die Fahrensleute bei ihrer Heimkehr ihn als Erstes sahen.“

„Was ist das für ein schönes Tor!“, rief Hagedorn begeistert, als sie näher kamen. „Bitte lass uns hier nochmal aussteigen, damit ich fotografieren kann.“

„Das kennt man doch von vielen Abbildungen – ich glaube, das gab's sogar auf einer Briefmarke, nicht?“

„Ja, auf einer 30-Pfennig-Marke. Das Nordertor ist so etwas wie ein Symbol dieser Stadt, vor allem in der Funktion als ‚Tor zum Norden‘. Und stellt euch mal vor, das sollte 1905 eigentlich abgerissen werden! Es war dem damaligen Verkehr im Wege. Ihr müsst euch sein Aussehen ein bisschen anders vorstellen – es stand nicht so frei und hübsch da wie jetzt, es war eingeklemmt zwischen kleinen Wohnhäusern.“

„Und machten sie abends das Tor zu?“

„Ja, – hier draußen war ein erbärmliches Armenquartier, und man beseufzte zwar das große Elend, das hier ‚eingehauset‘ war, aber man war froh, dass man nachts gut schlafen konnte, denn das Tor war ja zu und niemand konnte herein.“

„Und der ganze Verkehr, alle Wagen und Karren sind durch das Tor hindurchgerumpelt, sogar die Pferdebahn seligen Angedenkens – erstaunlich, was diese alten Gemäuer alles ausgehalten haben.“

„Da könnt ihr mal wieder sehen“, warf Ruth triumphierend ein, „die hatten noch keine Abgase und machten ihre Umwelt nicht so kaputt wie wir!“

„Aber als Flensburg eine elektrische Straßenbahn bekam, wurde die außen ums Tor herumgeleitet – du siehst, Ruth – man hat schon früh darauf Rücksicht genommen.“

„Habt ihr noch eine Straßenbahn in Flensburg?“

„Nein, leider nicht, dazu wurde es in der Innenstadt zu eng. Ewig standen Autos auf ihren Schienen, und wenn man bedenkt, dass sie in beiden Richtungen mitten durch die Stadt fuhr, dann wundert man sich, dass nicht mehr passiert ist. Aber schade ist es doch ein bisschen darum, ich fand es als Kind so schön, Straßenbahn zu fahren."

„Das ist ja in allen Städten das Gleiche, dass das Gemütliche vom Praktischen und Schnellen vertrieben worden ist", meinte Hagedorn, „wie vieles ist sogar für uns schon romantische Vergangenheit!"

„Und das ist denen, die um die Jahrhundertwende Abschied von ihrer Pferdebahn nehmen mussten, ebenso gegangen. Damals prophezeite ein Gastwirt vom Südermarkt: ‚Ochott, Ochott, dat gifft ja nix as Dode!' Und heute sagen die Flensburger ‚was fehlen wir unsre gute alte Straßenbahn!', denn sie sagen – um noch einmal darauf zurückzukommen – nicht ‚du fehlst mir', sondern ‚ich fehle dich'. So – Hagedorn, hast du genug fotografiert? Mein Auto steht da, wo es eigentlich nicht darf – ich wäre dafür, dass wir weiterfahren. Übrigens hier", sagte er, als sie durch die Neustadt gingen, „hat vor mehr als 150 Jahren, genau am 9. April 1848, ein Gefecht stattgefunden im Zusammenhang mit der schleswig-holsteinischen Erhebung, von der ich euch vorhin schon erzählte.

Von der Seeseite her lag die Straße unter dem Feuer einer dänischen Korvette, und hier zwischen Gartenzäunen und Häusern lieferten sich Dänen und Schleswig-Holsteiner erbitterte Nahkämpfe. Die eigentliche Schlacht war bei Bau gewesen, einem kleinen Dorf ein paar Kilometer nördlich, aber bis in die Stadt hinein trug man die Entscheidung aus. Ich will euch nachher mal einen Bericht von damals vorlesen, in dem ein Flensburger Bürger beschreibt, wie schreckensvoll dieses Schlachtgetümmel für die Einwohner der Neustadt gewesen ist. Vor einigen Jahren noch steckte in der Front dieses alten Hauses hier eine Kanonenkugel als Erinnerung an den Tag und das Gefecht. Aber wie das leider oft so ist – bei einer überaus phantasielosen Renovierung der Fassade hat man sie verschwinden lassen."

„Du, sag mal, Heiner", fragte Ruth, als sie die Duburger Straße rauffuhren, „wieso geht das hier eigentlich so steil bergan? Ich hab immer gedacht, im Norden ist alles flach wie'n Brett?"

„Aber Frau Studienrätin!", rief Voss ermahnend. „Noch nie was von der Eiszeit gehört? Bis hier, glaub ich, gingen so die letzten Ausläufer, nicht?"

„Sehr richtig!" Hagedorn unterrichtete immerhin Geographie. „Typische Endmoränenlandschaft. Ich habe darüber vor einigen Wochen gerade in unserer Schule einen Lichtbildervortrag gehalten. Deshalb will ich ja auch mit einem Geographiekurs hierher. Ich habe ausgeführt, dass ..."

„Hagedorn, ich flehe dich an!", rief Ruth. „Wir haben doch Pfingstferien. Wenn du nicht augenblicklich aufhörst, werde ich dir auf Französisch einen Vortrag über die Revolution und ihre Auswirkungen auf Preußen halten."

DER ERSTE ABEND

Rumgrog und Quellwasser:
Peter Puff, Erich Ballett und andere Flensburger

AM ABEND DIESES ERSTEN TAGES saßen sie im Halbrund vor Heiners großem Fenster. Ohne viel zu reden, ließen sie die Dämmerung näher kommen, und sie vernahmen – jeder für sich –, wie das Licht sich wandelte. Vom rot leuchtenden Sonnenuntergang bis zum türkisfarbenen Abendhimmel, der zwar nach und nach seine Farbe aufgab, dafür aber seine Dunkelheit mit unzählbaren Sternen schmückte.

Ruth hatte noch lange auf dem Balkon gestanden und über das weite Land geschaut.

„Wenn ihr vorhin so klug dahergeredet habt von Eiszeit und Endmoränen – also ich mag mir viel lieber vorstellen, dass hier ein Riesenkind mit dem Land herumgespielt hat, so wie ich früher in der Sandkiste. Und zuletzt hat es mit dem Finger eine Rinne gezogen, ein bisschen Sand an den Rändern hochgeschoben und Wasser reinlaufen lassen. Das wurde dann eure Flensburger Förde."

„Schon gut, Elfchen, setz dich jetzt wieder zu uns und mach die Balkontür zu", sagte Voss friedlich. „Du kannst dir ja auch hier drinnen allerhand Niedliches ausdenken."
„Zum Draußensitzen ist es leider noch zu kalt", bedauerte Heiner und machte die Balkontür hinter Ruth zu. „Aber Licht wollt ihr doch noch nicht haben, oder?"

„Nein, bloß nicht! Dieser Himmel und dieses Licht sind so phantastisch! Bei euch sieht man ja jedenfalls was vom Himmel."

„Ehe es ganz dunkel wird, möchte ich euch gern noch was vorlesen, was in meine Erzählung von der Neustadt und der Schlacht von Bau gehört. Dies hat ein Flensburger

Bürger damals in sein Tagebuch geschrieben: ‚Man denke sich das Gefühl der durchaus nicht an Kampf und Schlachtgetümmel gewöhnten, in Friede aufgewachsenen Flensburger, ein Treffen in ihrer unmittelbaren Nähe! Etwas beunruhigt um meine Angehörigen, die in der Neustadt wohnen, versuchte ich es um halb eins nach dorten hinaus zu gelangen. Wie ich jedoch das Nordertor erreicht habe, werfe ich einen Blick übers Feld und sehe dasselbe mit Kämpfenden übersät, sehe die Gewehre blitzen ... Bei meiner Familie angelangt, finde ich dorten Gottlob alles wohl, obgleich die Einwohner der Neustadt während der Affäre unleugbar in einer wohl nicht gefahrlosen Lage geschwebt haben mögen, da die Kugeln an den Fenstern vorübergezischt und an mehreren Stellen durchgeschlagen sind ... viele der deutschen Soldaten und Freischärler haben sich eine Zeit lang in verschiedenen Häusern geschützt und verborgen ...'"

Heiner legte das Buch, aus dem er vorgelesen hatte, beiseite und ging in die Küche. Nach einer kurzen Zeit kam er mit einem Tablett zurück, auf dem er Gläser, Zucker, die Rumflasche und seinen schönen Messingkessel voll heißen Wassers zu den Freunden brachte.

„Ich hoffe sehr, dass es euch recht ist, wenn wir heute Abend einen Grog trinken. Ihr habt Flensburg nicht kennen gelernt, wenn ihr nicht jedenfalls einmal in gemütlicher Runde vorm dampfenden Grogglas gesessen habt. Wenn es im Hochsommer ganz heiß ist, trinken wir den Rum auch mal auf Eis, aber meistens so. –

Also: Prost, Freunde! Und wenn es euch nicht langweilt, erzähl ich euch ein bisschen vom Rum: Wisst ihr eigentlich, dass Flensburg vorm 30-jährigen Krieg mit 200 Schiffen die bedeutendste Handelsstadt der dänischen Krone war? Der Hafen von damals reichte viel weiter ins Land hinein – die Häuser und Höfe an der Schiffbrücke lagen direkt am Bollwerk. Auf alten Bildern kann man das erkennen und sehen, was das für ein Gewimmel war im Hafen von großen und kleinen Schiffen. Dazwischen die stattlichen Karavellen mit der schleswig-holsteinischen

Streifenfahne und dem Danebrog am Mast. Diese Flaggen hatten sie immer beide an Bord, und je nachdem von welchen Seeräuberschiffen sie einen Überfall befürchten mussten, hissten sie mal die eine und mal die andere. Das waren stolze Handelsherren, denen diese Schiffe gehörten, und die auch hier als Ratsherren die Geschicke der Stadt lenkten. Sie ließen das Nordertor bauen, die Schrangen, das Kompanietor, und für die Kirchen stifteten sie kostbare Kanzeln, Altäre und Orgeln. Das war wohl Flensburgs bedeutendste Zeit – hinterher haben der lange Krieg und die durchziehenden plündernden Truppen alles zunichte gemacht. Der Hafen war verlandet, und von der stolzen Flotte waren nur noch neun Schiffe übrig geblieben.

Aber die Flensburger fingen wieder von vorne an, als endlich Frieden war, sie suchten neue Möglichkeiten und neue Märkte. Unter anderem fanden sie ihr wirtschaftliches Glück beim Branntwein. Es gab Zeiten, da waren mehr als 200 Brennereien in Flensburg tätig. Und diese beiden Erwerbszweige – die Schifffahrt und die Destillerie – waren die Voraussetzungen dafür, dass man Flensburg den ehrenvollen Namen ‚Rumstadt' gegeben hat.

Seit dem 17. Jahrhundert waren die westindischen Inseln St. Thomas, St. John und St. Croix dänisch, und zum ersten Mal machte sich im Oktober 1755 ein Flensburger Schiff, die ‚Neptunus', auf die weite Reise dorthin. Es war beladen mit inländischen Gütern – Segel, Taue, Nägel – und Lebensmitteln für die Versorgung der Kolonie. Viele Monate war es unterwegs, und als es wiederkam, waren alle Leute in Flensburg glücklich. Hier hab ich ein paar schöne Verse darüber gefunden:

Und sieh! es kehren heim aus Indiens Lande
die Schiffer, eh ein wechselnd Jahr enteilt;
und wann die Segel nah'n an Flensburgs Strande,
die Menge sehnsuchtsvoll am Hafen weilt.
Und mancher ruft: sie sind's, sie sind's, die Meinen,
sie werden wieder sich mit mir vereinen.

Den kostbaren Rohzucker, den die Schiffe aus Westindien geholt hatten, mussten sie erst nach Kopenhagen bringen. Das nämlich behielt die Westindische Kompagnie sich vor, dass alle wertvollen Erzeugnisse aus den Kolonien nur in Kopenhagen ausgeladen werden durften. Das galt jedoch nur für die ersten zehn Jahre des Westindienhandels, später konnte auch Zucker nach Flensburg geschifft werden und dadurch bedeutende Zuckersiedereien hier entstehen.

Von Anfang an aber wurden die ‚Abfallprodukte' der Zuckergewinnung im heimatlichen Hafen gelöscht, und da der Rum bekanntlich aus Zuckerrohrmelasse gewonnen wird, kamen die Flensburger mit den Rumfässern nach Hause. So wie sie ihn von weither mitbrachten, war er ungenießbar, aber wozu verstanden sie sich aufs Destillieren, Verschneiden und Mischen? Köstliche Gewürze, wie Vanille, Zimt oder auch Ananas, wurden ausprobiert, und so entstanden Rezepte, die jede Rum-Firma fortan als kostbares Geheimnis hütete. Habt ihr noch was in den Gläsern? Schenkt euch nach und denkt dabei an das alte Grog-Rezept: ‚Rum mutt, Zucker kann, Water brukt nich'.

Ein Bestandteil aber fehlt uns noch, ein Element, ohne das auch aus dem kostbarsten puren Rum und den raffiniertesten Gewürzen noch lange kein Flensburger Rum würde: das gute Flensburger Wasser. Ein riesiges Reservoir davon liegt unter unserer Stadt, eingeschlossen vor Jahrtausenden, als die Eiszeitschübe hier zur Ruhe kamen. Kühl, klar und frisch drängt es aus Hunderten von Quellen und Brunnen zutage. Früher hatte fast jedes Haus und fast jeder Hof seinen eigenen Brunnen, und längs der Hauptstraße standen die großen Brunnenkästen zur Nutzung für jedermann. Was das in unserer Zeit bedeutet, reines köstliches Wasser ohne Beschränkung zur Verfügung zu haben, könnt ihr euch sicher vorstellen."

„Ja wahrhaftig, für das, was bei uns aus den Leitungen kommt, kann man sich bedanken ..."

„So – nun wisst ihr, warum Flensburg eine Rum-Stadt geworden ist: Weil die Einwohner es verstanden, einen feinen Schnaps zu brennen, weil sie von weither den kostbaren Rum brachten, und weil sie das gute Wasser aus Flensburgs Quellen schöpfen konnten."

„Das hast du aber schön erzählt, Heiner", sagte Ruth anerkennend, „ich werde in Zukunft mit mehr Verstand an meine Rumflasche zu Hause rangehen. Übrigens, man kann ja viel damit machen – für Kuchen und Puddings und ..."

„Du solltest des Guten nicht zu viel tun, meine Liebe", unterbrach Hagedorn sie. „Wenn ich dich so ansehe – lieber mal Rohkost und Joghurt – nicht so viel Pudding und Kuchen, meinst du nicht?"

Ruth warf eine Streichholzschachtel in seine Richtung. „Was ich vielleicht – vielleicht sag ich – auf den Hüften zu viel hab, das fehlt dir dafür auf dem Kopf. Wenn ich Rohkost essen soll, musst du dir am gleichen Tag ein Toupet kaufen – abgemacht?"

Alle lachten.

„Einigt euch darauf, dass wahre Schönheit durch nichts entstellt werden kann", schlug Voss vor.

Da klingelte es an der Haustür.

„Na, da kommt er ja noch", rief Heiner erfreut und lief zum Türöffner. „Bis er hier oben ist, kann ich euch schnell erzählen, wer jetzt kommt. Natürlich habe ich mich auch ein bisschen auf euren Besuch vorbereitet, und als ich neulich mit meinem alten Freund Peter Kehrwieder zusammengesessen habe, wobei wir ziemlich viele Grogs kriegten, da hab ich mir gedacht, ‚der muss mal einen Abend kommen, wenn ihr hier seid'. Keiner kennt so viele Geschichten wie Peter, und keiner kann sie so gut erzählen."

„Und wie heißt der?"

Aber Heiner antwortete nicht mehr, er ging, um die Tür zu öffnen. Peter Petersen war ein kleiner rundlicher Mann, der sich mit solcher Lebhaftigkeit bewegte, dass man in seiner Nähe den Eindruck von Zugluft bekam. Er schüttelte den drei Besuchern die Hand, rannte dabei einmal linksherum und einmal rechtsherum um den Tisch, bis Heiner seiner Beweglichkeit ein Ende machte, indem er ihm einen Stuhl in den Weg stellte.

„So, nun setz dich erstmal, Junge, und lass dein nordisches Temperament ein bisschen zur Ruhe kommen."

Peter lachte vergnügt in die Runde, ließ noch ein paar Mal seine Füße baumeln, rieb sich die Hände, aber dann schließlich hatte man den Eindruck, dass bei ihm die Luft raus war – er wurde gemütlich.

„Herr Petersen", fing Voss gleich an, „Heiner sagt, Sie können so schöne Geschichten von Flensburger Originalen erzählen ..."

„Moment, Moment", unterbrach Peter ihn da bereits, „von Originalen ist nicht die Rede. Natürlich hat Flensburg Originale gehabt, und es gibt noch einige wenige, die sie wirklich erlebt haben. Und das, was sie sich geleistet haben, oder vielmehr das, worüber die Leute früher gelacht haben, ist Geschichte geworden wie der Kattsund oder die Pferdebahn. Natürlich wissen wir, dass wir mal'n Willem Radies in Flensburgs Straßen hatten oder Hein Padborg, aber bei Licht besehen waren das oft arme ‚Tumpige', also ganz schlichte Gemüter, über die man lachte und hinter denen die Kinder Narr machten."

„Der redet genauso komisch wie Heiner", lachte Hagedorn, „was ist denn ein Tumpiger?"

„Na, eben einer, der nicht alle beieinander hat. Meine Meinung aber ist, dass das Originelle und Originale der Flensburger ganz woanders zu finden ist. Da nämlich, wo Geschichten passieren oder weitererzählt werden, die Pointen haben. Und zwar Pointen, die es nur in Flensburg geben kann."

„Warum denn nur in Flensburg?"

„Wegen unserer schönen Sprache natürlich. Wenn eine Hausfrau sagt, es ist gut Kuchen zu haben für den Fall, dass man Besuch bekommt, ist das natürlich nicht komisch. Wenn aber eine Flensburgerin sagt ‚es is gut un schneiden von, wenn ein kriegt Fremde', kann man sich schon darüber amüsieren. Dazu kommt natürlich die Mentalität dieses etwas drögen, aber absolut nicht humorlosen Menschenschlages, der was gegen allzu große Worte hat.

Stellen Sie sich einen Fördedampfer bei herrlichstem, lauen Sommerwetter vor – der Himmel ist blau und das Wasser spiegelglatt. Einer sehr frommen und gefühlvollen Dame geht das Herz über. ‚Ach', ruft sie aus, ‚wie wäre es wohl, wenn hier unser Heiland wie einst auf dem Wasser wandeln würde!' Darauf ertönt nach einer kleinen Pause: ‚Das ist nich gut un wissen.' Nicht wahr, die Situation wäre nicht halb so witzig, wenn in richtigem Deutsch geantwortet worden wäre ‚das kann man nicht wissen'. Von solchen Geschichten gibt es eine ganze Menge, und ich bin immer der Meinung gewesen, nur so kann man den typischen Flensburger Menschen darstellen."

Heiners Freunde fühlten sich sichtbarlich gut unterhalten von dem kleinen lebhaften Mann, und jemand sagte spontan: „Bitte erzählen Sie mehr!"

„Nun kann man natürlich weitere Eigenschaften herbeitragen – so habe ich zum Beispiel immer wieder festgestellt, dass aus manchen Geschichten ein ganz hübsch gesundes Selbstbewusstsein spricht. Warum auch nicht? Die Vorfahren dieser wackeren Flensburger waren auf Robbenfang oder nach Westindien gesegelt oder sie waren Herr auf eigener Scholle gewesen. Da kommt zum Beispiel nach dem Ersten Weltkrieg ein junger Leutnant schwer verwundet nach Hause. Er muss noch im Rollstuhl gefahren werden und hat deshalb seinen Burschen dabei. Dieser, im Umgang mit Leutnants und anderen feinen Herrschaften durchaus erfahren, redet die Mutter des jungen Mannes mit ‚gnädige Frau' an. Diese aber, eine Bäckermeistersfrau vom Holm, antwortet ihm – kurzab und ein für alle Mal: – ‚Wenn ik weer chnädich, schnacke ik nich mit Se.'"

„Oh das ist herrlich, das gefällt mir!", rief Ruth voll Begeisterung aus. „Das sollten sich manche Damen hinter die Ohren schreiben! Das werde ich in meinen Sprachschatz einverleiben – du musst mir nur beibringen, wie man es richtig ausspricht, gell?"

Peter Petersen kam in Schwung – man merkte es ihm an. Das Gelächter der Runde war für ihn wie für einen Schauspieler der Applaus eines voll besetzten Hauses.

„Jenen Kapitän finde ich auch ganz schön selbstbewusst“, fuhr er fort und rührte dabei genüsslich in seinem Grog herum. „Er sollte die Glücksburger Hoheiten mit seinem fahrplanmäßigen Fördedampfer mitnehmen. Denen nämlich gebrach es mangels Kleingeld an Kutsche und Gespann, also fuhren sie Schiff wie andere Leute auch. Nun stehen sie an der Fördebrücke, verabschieden sich von ihren Freunden und schnacken und schnacken ...

Seinen ganzen Fahrplan bringen sie ihm durcheinander, und er hat schon zweimal getutet! Da beugt er sich schließlich über die Reeling und ruft: ‚Hoheit, mok to – wi möten los!‘“

„Ich hab mir aber auch was überlegt, was typisch flensburgisch ist, Peter, und dabei hab ich an dich gedacht. Denn dich nennen ja viele Peter Kehrwieder, weil du früher immer hoch und heilig geschworen hast, du würdest nie wieder nach Flensburg zurückkommen. Welchen Schwur du natürlich nicht gehalten hast, wie man sieht. Aber da es bei uns viele Hansens und Petersens und Jensens und Johannsens gibt, hat sich der Volksmund mit Eigenarten dieser Hansens und Jensens zu schaffen gemacht. Vor allem, wenn sie keine ausgefallenen Vornamen hatten.“

„Wie wir“, lachte Peter. „Ich wurde Peter Kehrwieder, und Heiner heißt bei unseren Freunden Hein Afrika, weil er so gerne und so oft über seine drei Reisen nach Afrika erzählt.“

„Na also, Hein Afrika, dann wissen wir das ja jetzt auch und werden uns erlauben, dich zukünftig bei passender Gelegenheit so anzureden. Prost!“, und Hagedorn stand auf, sich das Grogglas vor den Bauch haltend.

„Setz dich hin, Hagedorn, wir wollen mehr Geschichten hören!“

„Ich war ja noch bei den Namen, und wenn wir dafür auch einen Grund in der Mentalität der Flensburger suchen wollen, dann würde ich sagen, dass sie vielleicht etwas wortkarg sind, aber dass sie trotzdem oder vielleicht auch gerade deswegen die Gabe haben, etwas kurz und treffend zu formulieren. Ich habe diese Namen immer schon zu Hause bei meinem Großvater gehört und später fing ich an, sie mir aufzuschreiben." Peter kramte in seiner Brieftasche und zog schließlich einen kleinen Zettel heraus.

„Also: Da ist zum Beispiel ‚Petersen Tüffel', der soll immer in Holzschuhen herumgegangen sein; ‚Petersen Schüffel' war ein Kohlenhändler, also das heißt, er hat wohl mit einer Schaufel angefangen; ‚Hans Aal' betrieb eine Fischräucherei, ‚Krischan Avis' wusste immer die neuesten Nachrichten –‚Avis' ist dänisch und heißt ‚Zeitung'; ‚Theo Oberlipp', das braucht nicht kommentiert zu werden; ‚Peter Tüt' – seine Profession war das Herstellen von Tüten und ähnlichen Kartonagen; ‚Erich Ballett' – der hätte eigentlich ‚Erich Billett' heißen müssen, denn er wohnte in Süderhaff und brauchte für seine tägliche Tour nach Flensburg per Schiff ein Billett, aber man sagte nicht ‚ein Billett bitte', man sagte ‚ein Ballett' – und so kam er zu seinem Namen; ‚Andreas Wohlgeruch' hatte eine Parfümerie, und hier, ihn finde ich besonders witzig: ‚Peter Puff', das war ein sehr honoriger Gastwirt, der in seiner Jugend in der Gartenstraße ein einschlägiges Etablissement betrieben haben soll, was ihm auf diese Weise zeitlebens anhing."

Voss war ganz begeistert. „Also – wenn ich Soziologe wäre, würde ich über diese Namen eine Arbeit schreiben – daraus kann man sicher viel über die gesellschaftlichen Strukturen in einer kleinen Stadt ablesen."

„Was hätten wir denn bis jetzt an Eigenschaften zusammen, durch die sich ein Flensburger von einem gewöhnlichen Menschen unterscheidet? Er ist gegen große Worte, er ist selbstbewusst, er kann etwas treffend formulieren. Noch was?"

Peter schüttelte den Kopf. „Bin ich hier in der Schule? Soll ich mich etwa festlegen lassen, für jede Geschichte gleich den psychologischen Background mitzuliefern? Nee, da komm ich ins Stottern."

„Also, das muss ich auch sagen, Voss, du bist doch wirklich nicht zu retten mit deiner Leidenschaft fürs Katalogisieren!“ Ruth tickte sich an die Stirn. „Es ist doch ganz egal, was in welche Schublade gehört! Bitte, Peter, erzählen Sie mehr! Ich kann ihn schon richtig vor mir sehen, den Flensburger Menschen.“

„Da darf ich Ihnen dann jetzt einen fröhlichen Maurermeister vorstellen, der eines Abends wirklich ein bisschen reichlich spät und ein bisschen reichlich angetörnt nach Hause kam. Als er auf Strumpfsocken das Schlafzimmer betrat, schoss seine Eheliebste im Bette hoch und rief: ‚Meine Güte, was kommst du spät! Ich hab die ganze Nacht kein Auge zugekriegt!‘ Darauf er: ‚M..meenst du ik?‘“

„Und was ist mit Mutter Hansen vom Wochenmarkt?“, fragte Heiner.

„Ja, die darf hier wirklich nicht fehlen. Sie kam von Sünderup, hatte größtenteils Obst und Gemüse vom eigenen Land zu verkaufen und stand auf dem Wochenmarkt in der ersten Reihe. Sie war nicht pingelig im Umgang mit drei ihr zur Verfügung stehenden Anreden: ‚mein Deern‘, ‚mein Dame‘ und ‚gnädige Frau‘. ‚Na, wie viele Kinder hast du, mein Deern? Drei? Ohaueha, mein Dame, das is denn auch genug. Ich hatte sieben, gnädige Frau, un min Mann weer ewig krank – ober dat kunn he immer!‘ Eine Dame aus begüterter Kaufmannsfamilie – seit Generationen ist Haupterwerbszweig der Zucker – tritt an ihren Stand. Sie hatte in der vorigen Woche Pflaumen gekauft und muss nun doch vorwurfsvoll anmerken, dass diese leider ein bisschen sauer gewesen wären.

‚Ach, das tut mir ja Leid, mein Dame – aber ihr habt ja wohl Zucker genug, nich?‘“

„Und nun kommt noch eine Geschichte von mir“, sagte Heiner, „die stammt aus unserer Familie:

Die Herren eines sehr ehrenwerten Stammtisches in einem sehr ehrenwerten Restaurant haben, wie in jedem Jahr, ihr gemeinsames Vorweihnachtsmenü genossen und sitzen nun in wohliger Sättigung beieinander, ohne viel zu reden.

Drei von ihnen haben sich jedoch als Krönung des freundschaftlichen Beisammenseins noch etwas Besonderes ausgedacht: In einem kleineren Nebenraum, zwei Stufen höher als der Saal und mit diesem durch eine weit geöffnete Tür verbunden, hat sich ein Trio zusammengefunden: Cello, Klavier und Geige.

Die drei Herren tauchen ab in ihr kammermusikalisches Vergnügen und vergessen darüber wohl gar ihre friedlich dasitzenden Stammtischbrüder. Von denen winkt jedoch ein würdiger Bankdirektor einen jungen Referendar heran und flüstert ihm zu:

‚Lot uns man de Dören mol en beeten tokriegen.' Leise werden die Türen geschlossen, so taktvoll leise, dass die Musizierenden es weder merken noch gestört werden, und auch im Saal hat man wieder seine Ruhe."

„Und dann wundern die Flensburger sich", fragte Peter erstaunt, „wenn man sie manchmal missversteht? Wie war es denn mit dem ehrwürdigen Politiker dänischer Couleur, der eine kulturelle Festwoche eröffnete und in seiner Rede ausführte: ‚... und so sagt man immer, wir in Flensburg haben keinen Sinn für künstliche Dinge ...?'"

„Nein, nein, das weißt du so gut wie ich, natürlich haben wir den – wir sind nur in manchen Dingen sehr eigen und 'n büschen gediegen."

DER ZWEITE TAG

Vom Hafen zum Nordermarkt:
Ausflug in die gute und weniger gute alte Zeit

AM NÄCHSTEN MORGEN ließen sie den Wagen auf einem Parkplatz am Hafen stehen und schlenderten durch die Norderstraße. „Dies war früher das Kirchspiel Ramsharde“, erklärte Heiner seinen Freunden.

„Hier wohnten nicht gerade die Vornehmsten der Stadt. Man nimmt sogar an, dass das Wort ‚Rams‘ die gleiche Bedeutung hat wie ‚Ramsch‘. Hier ist aber jedenfalls der Anfang des langen Straßenzuges, der weiter stadteinwärts Große Straße heißt, dann Holm, und der am Südermarkt endet. Von Stadtgründung an ist er so angelegt. Anders geht es ja auch gar nicht bei uns, denn da unten ist der Hafen, und rechts geht es zum Teil ganz schön steil bergan, wie ihr gestern selbst bemerkt habt.“

„Dann gehen wir hier also auf historischem Boden“, stellte Ruth fest, „hoffentlich kann man noch was sehen aus früheren Zeiten.“

„Gerade das will ich euch jetzt zeigen. Lasst uns hier mal in diesen Hof Nr. 86 gehen – so – hier hindurch bitte.“

„Oh – das ist aber schön, das hätte man gar nicht vermutet!“ Hagedorn hatte schon wieder seine Kamera gezückt.

„Das ist nun also einer der typischen Flensburger Handelshöfe, und wenn diese Steine uns was erzählen könnten, dann würden wir viel erfahren, vor allem aus der Zeit des lebhaften und einträglichen Handels mit Norwegen. Zum Teil sind diese Höfe verbaut, und man kann sie in ihrer Grundanlage nur noch schwach erkennen – nicht nur heutzutage begeht man Bausünden! Aber in Flensburg haben ziemlich alle Höfe, die zum Hafen führen, die gleiche Struktur: Zur Hauptstraße hin steht das meist sehr schöne Giebelhaus – nachher in der Innenstadt werdet ihr größere und prächtigere sehen als hier im Norden –, darin waren meist die Kontore und die Wohnung des Handelsherrn. Und dann ging es hier diesen schmalen holperigen Hof runter bis zum Hafen. In den kleinen Häusern rechts und links waren Leutewohnungen, Werkstätten, Lagerräume für Taue und Segel, Plätze für Wagen und Karren, Ställe und alles mögliche untergebracht. Fast jeder Hof hatte seinen Brunnen, und unten am Ende, in Bollwerknähe, wurde der Hof abgeschlossen durch das große Quergebäude, den Speicher. Dahin konnte man die Waren auf kürzestem Wege direkt von den Schiffen bringen. Solche Höfe findet man nun überall auf dem Weg bis zum Südermarkt, wie gesagt, oft leider verbaut und nicht mehr zu erkennen und mehr oder weniger großartig, je nachdem wie reich das Handelshaus war."

„Das muss schön gewesen sein, hier zu wohnen! Hier ist ja noch ein kleines Gärtchen vorm Speicher, und dann der Brunnen und die hübschen Laternen – also das kann ich mir schon sehr idyllisch vorstellen!"

„Typisch Frau!" Voss schüttelte den Kopf. „Denkst du eigentlich gar nicht daran, wie die früher gelebt haben? Meinst du, das war so hübsch wie jetzt? Nee, meine Liebe, vielen Dank, das ist bestimmt schön dunkel und feucht hier in den Häusern gewesen!"

„Und die Straßen waren ungepflastert", fügte Hagedorn hinzu, „da hättest du mit eleganten Schuhen ..." er sah auf Ruths Füße herab. „Naja, mit diesen Sandalen hättest du da vielleicht doch gehen können."

„Und stell dir mal vor, Ruth, es war eine Rinne vor jedem Haus fürs Schmutzwasser, und da wurden ein paar Bohlen rübergelegt, damit man trockenen Fußes ins Haus kam! Und auf jedem Hof gab es einen Misthaufen, dazu die kleinen Häuschen mit dem Herz in der Tür – meinst du, dass du dafür dein Badezimmer eintauschen würdest?"

„Ach hört auf, ihr seid überhaupt kein bisschen romantisch – ihr habt mir den ganzen Spaß verdorben. Bitteschön, dann will ich eben nicht in so einem Hof gewohnt haben."

„Lass dir noch ein bisschen mehr erzählen! Zum Beispiel, was den Misthaufen betrifft. Viele Leute hatten ihre eigene Landwirtschaft vor den Toren der Stadt, und dafür war der Mist ja sehr nützlich.

Und wer keinen Acker hatte, der durfte seinen Mist auf den kommunalen Haufen bringen zum Südermarkt – über den durfte der Herr Bürgermeister persönlich verfügen!"

„Da kann man es mal wieder sehen – immer diese Privilegien!"

„Die Zeiten änderten sich nach und nach, und irgendwann hörte es auf, dass jeder seine Reste auf eigener Scholle verwerten konnte. Und so, wie man seinen Bauern für Torf und Winterkartoffeln hatte, nahm man sich auch einen für das andere. Meist waren es die kleinen Bauern aus der mageren Geest, die sich dieses Geschäftes annahmen. Ein- bis zweimal im Jahr, so im Frühjahr und Herbst, bestellte der Hausherr seinen Bauern ‚zu und holen den Mist ab'. Der rückte dann spät abends, wenn alle braven Leute schliefen, mit seinem Knecht an, um sich dieses Auftrages zu entledigen. Bei diesen Grundstücken hier auf der östlichen Straßenseite, da gab es ja nicht viel Stahoi, ich meine, keine großen Umstände, da konnte man vom Hafen her mit Pferd und Wagen bis an den Lokus heranfahren. Aber auf der gegenüberliegenden Straßenseite – ohaueha, was fürn mühseliges Geschäft! Da musste der ganze Schiet in Eimern durch Hof und Vorderhaus bis zur Straße und zum Wagen geschleppt werden."

„Sag mal, müssen wir das hier so genau ...?"

„Lass ihn doch erzählen!"

„Ja, ich muss euch das so detailliert schildern, sonst macht die Geschichte, die nun gleich kommt, gar keinen Spaß. – Also: Ich will euch die Vorstellung ersparen, wie das alles hinterher aussah, und auch vom Gestank will ich taktvoll schweigen. Die Hausfrau hatte natürlich davon auch ihren Süssel –." „Was hatte sie??" – „Na, Mühe,

Arbeit, Unbequemlichkeit! Sie musste früh aus den Federn, denn die Männer sollten nach der schweren Nachtarbeit ein ordentliches Frühstück bekommen. Als das nun mal wieder so weit ist, ruft Frau Hansen denn: ‚Se könen nu to'n Fröhstück rinkomen, wenn Se so wiet sind!'

‚Jawoll Madam, ik kom', antwortet der Bauer und steht auch schon in der Küchentür.

‚Ja, ober min gude Mann, wülln Se sik denn nich erst de Hanne en beeten waschen, för dat Se Kaffee drinken?'

‚Och nee Madam, dat deiht nich nödig, man weet ja, wat dat is.'"

„Oh nein, Hein Afrika, was erzählst du uns bloß für Geschichten!", rief Ruth und schüttelte sich. „Also dann bin ich eigentlich doch mehr für unsere sterile Gegenwart."

„Du sagst es – natürlich werden durch unsere mit Sauberkraft gewischten, oder wie man in Flensburg sagt, gefeudelten Treppenhäuser keine Kloeimer mehr getragen – aber das war jedenfalls ‚reiner' Schiet, den Mutter Natur wieder aufnahm."

„Die kannten kein Plastik und keine Chemie, keine Bierdosen und kein Kaugummi und versauten die Umwelt nicht so wie wir heute – stimmt's, Heiner?"

„Das kann man wohl laut sagen – denn auch wenn sie alles Schmutzwasser in den Hafen laufen ließen, war der so klar, dass man den Grund sehen konnte. Nebenbei – da haben wir den Hafen jetzt grade vor uns – gegenüber liegt das Ufer von Jürgensby. Wir wollen hier stadteinwärts gehen, aber passt gut auf euch auf, Freunde, und geht mir nicht verloren – hier wird so mancher zur Sünde verlockt. Ich werd wohl auch nicht drumherum kommen, mit euch durch den ‚Oluf' zu gehen, Flensburgs älteste Gasse, die zugleich den Ruhm hat, Europas romantischster Puff zu sein. Und wenn ich euch Flensburg zeige mit all seinen lobenswerten Häusern und Höfen, brauche ich diesen anerkennenden Superlativ doch nicht unter den Tisch fallen zu lassen, oder? Du solltest hier nicht fotografieren, das haben die Damen nicht gerne, Hagedorn."

Sie gingen die schmale Straße mit dem puckligen Kopfsteinpflaster wieder zur Norderstraße herauf und Heiner erzählte, dass Herr Oluf Samson hier bereits im 17. Jahrhundert kleine Häuser vermietet hatte. Seit wann sich dann in erster Linie Damen etablierten, die an die kleinen Butzenscheiben klopften, wenn ein Seemann vorüberging, wusste Heiner nicht genau. Aber er wusste, dass dies jedenfalls seit vielen Jahrzehnten ihr Revier ist, und dass die roten Lampen über den niedrigen Haustüren und die Parterrefenster, in denen die Damen wie ihre eigene Schaufensterdekoration sitzen, das Angebot jedem Passanten signalisieren.

Heiner erzählte von den Bemühungen, diese uralten Häuser vor dem Verfall zu retten, und von den Plänen, hier kleine Kneipen, Handwerksbetriebe und Läden anzusiedeln. Von dem nahe gelegenen piekfeinen Eroscenter erzählte er und von dem Kampf der alteingesessenen Hetären, hier weiterhin ihrem Beruf nachgehen zu können.

„Wie ihr seht", sagte er zuletzt, als sie schon fast wieder auf der Norderstraße standen, „kann hier jeder Tourist durchbummeln und wird keineswegs als potentieller Kunde angesehen und angemacht."

„Also ich finde, das sollten die Flensburger sich erhalten", sagte Voss, „das ist ja wie 'ne Dekoration von einem Seemannsfilm!"

„Natürlich fällt mir hier auch wieder eine Geschichte ein", sagte Heiner lachend, „sie ist mir persönlich mündlich als wirklich so geschehen überliefert worden, und wie ich euch kenne, ist es euch egal, ob sie stimmt oder erfunden ist: Also eine der Damen aus dem ‚Oluf' war in eine Schlägerei geraten und hatte – natürlich rein aus Versehen – einen ganz schönen Hieb abgekriegt, blutete aus einer Kopfwunde und wurde ‚aufer Anstalt' gebracht, zu den ‚Dickenissen' – das sind beides liebevolle Kurzbezeichnungen für die Flensburger Diakonissenanstalt. Dort tat eine Schwester nächtlichen Aufnahmedienst, die zwar liebevoll und stets bereit für ihre kranken Nächsten sorgte, aber von der Welt und ihren Sachen nicht viel Ahnung hatte. Sie nahm die Personalien der Verletzten auf, und dann entspann sich folgender Dialog:

‚... und was sind Sie von Beruf?'

‚Ich ... ich komm aus'm Oluf.'

‚Nee, ich mein ja nicht Ihre Adresse ... was Sie von Beruf sind!'

‚Jaja, ich sag doch: ich bin Prostituierte.'

‚Ihre Konfession, da kommt das nu nicht so auf an, wir sollen gerne wissen, was Sie von Beruf sind!'

‚Naja, denn also meinswegen – ich bin Dirne!'

‚Dass Sie kein Knabe sind, das kann ich auch wohl sehen. Nee – Ihren Beruf, Frollein!'

‚Verdammt nochmal – ich bin 'ne Nutte!'

‚Ah ja – Nutte – schreibt man das nun mit zwei t oder mit th?'"

„Das Letzte hast du dazuerfunden, Heiner, wetten?", lachte Hagedorn. „Man kann nicht glauben, dass die Wirklichkeit so schön sein kann! Armes kleines Elfchen", und er legte Ruth den Arm um die Schulter, „wirst richtig verdorben hier in Flensburg, wenn der böse Heiner immer so unfeine Geschichten erzählt! Soll der gute Onkel Hagedorn dich zum Troste zu einem schönen Mittagessen einladen?"

„Kommt gar nicht in Frage", rief Heiner dazwischen, „es ist noch viel zu früh, um eine Pause einzulegen. Unser Pensum für diesen Vormittag ist ja noch lange nicht geschafft! Von der sündigen Meile geht es jetzt in eine mehr geschichtsträchtige. Auf dieser schmalen Holperstraße kommen wir wieder zu einem Tor – dem Kompagnietor, und dieses ist die Kompagniestraße. Kompagnie – das war die Vereinigung der Kaufleute und Schiffer, und dieses Tor war ihr Zunfthaus. Es musste ihnen Zugang zum Hafen gewähren, also wurde es als Tor gebaut, es war nie ein Stadttor. Hier hatte die Stadtwaage ihren Platz, auf der die Fracht der einlaufenden Schiffe vermessen wurde, und hier traf man sich, um über Schiffe und Frachten miteinander zu reden. Damals waren die Flensburger Kaufleute schon wer, ihre Segler fuhren weit über die Ostsee, und selbst Kopenhagen hatte nicht so viele Schiffe wie die reichen Flensburger."

Sie waren durchs Tor getreten. „Seht ihr da überm Torbogen die beiden schönen vergoldeten Reliefs? Die ließen sie zu Ehren des mächtigen Dänenkönigs Christian IV. anbringen, der Flensburg 1602 zusammen mit seiner Gemahlin besuchte. Von dem ‚bildensnider', der sie gemacht hat, Ringeringk, gibt es noch viele schöne Vermächtnisse in Flensburg – vielleicht kann ich euch noch den Orgelprospekt von St. Nikolai zeigen, das ist wohl sein bedeutendstes Werk."

„Lass mal sehen – was steht da?" Voss legte den Kopf in den Nacken. „‚Gerecht und Metich alltidt sin – Mit Gades Hülp bringt grodt Gewinn' – metich heißt wohl mäßig, nicht? Und die Löwen und der Turm – ist das das Flensburger Stadtwappen? Ah ja, da hält ja auch Madame Justitia ihre Waage in der Hand – und die etwas dralle Dame auf der anderen Seite – soll das etwa die Mäßigkeit sein?"

„Nein – die gießt ja was aus. Ich würde eher denken, die symbolisiert Flensburgs Bedeutung als Stadt des Branntweins, des Rums und des Bieres – was meint ihr?"

Ein Radfahrer klingelte laut: „Pass doch up, Mann!" Heiner zog Hagedorn vom Radweg runter.

„Schade, dass dies schöne Tor so dicht an der Fahrbahn steht, man kann es gar nicht richtig fotografieren."

„Ich zeig euch hier noch was anderes – die Hochwassermarken. Hier – 3,27 m stand es im November 1872 über normal. Das muss damals eine echte Katastrophe gewesen sein. Viel mehr Familien als heute lebten damals ja in den kleinen Häusern und Kellerwohnungen hier auf beiden Seiten des Hafens – die verloren in den Tagen ihre ganze Habe."

„Und wenn man dann noch bedenkt", sagte Ruth nachdenklich, „das alles im November, keine Heizung, um die Sachen zu trocknen, die Winterfeuerung auch nass – das Elend können wir uns bestimmt gar nicht mehr richtig vorstellen."

Sie hatten nebeneinander auf einer Bank Platz genommen. „Sieht schön aus bei Sonnenschein wie heute: das blaue Wasser, die vielen Ausflugsdampfer, man denkt an Baden und Segeln – aber dass die Natur sich auch manchmal gegen den Menschen richtet, daran denkt man nicht genug."

„Habt ihr jetzt auch noch manchmal Hochwasser?"

„Ja, es passiert schon noch oft, aber Gottseidank nicht in solcher Höhe. Wenn wir tagelang Westwind haben, wird das ganze Wasser in die Ostsee hinausgedrückt und schwappt dann nach ein oder zwei Tagen zurück. Dann sind die Straßen hier auf beiden Seiten des Hafens unpassierbar, und der ganze Verkehr muss sich die steilen Hänge raufquälen. Das gibt natürlich die schönsten Staus und Verstopfungen, da ja nur steile Wege in unsere Stadt führen. Gefährlicher wird es allerdings bei anhaltendem Nordost, und so eine Wetterlage war auch damals Ursache für das schlimme Hochwasser in Flensburg. Es gibt noch alte Fotografien, zum Beispiel von einer großen Bark, die hier auf die Schiffbrücke geschwemmt worden war, oder von der Neustadt, durch die man mit ‚Böten' fuhr.

Eigentlich möchte ich euch noch sehr viel mehr vom Kompagnietor erzählen und vom Schiffergelag – so heißt die alte Gilde – aber ich glaube, ich lese euch heute Abend mal ein bisschen vor aus ihren Schragen – so nannten sie ihre Gesetze, die sie sich selbst gegeben hatten. Wo wir hier sitzen, lasst mich euch lieber was von der Fördeschifffahrt erzählen. Was ihr da vor uns seht, ist leider eine langweilige und lieblose Anlegestelle, aber früher ist das ein Glanzpunkt dieser Stadt gewesen! Da lag ein Dampfschiffspavillon, aus Holz gebaut, und zwar wie man nachlesen kann: im Stile russischer Holzarchitektur. Die alten Flensburger schwärmen noch von ihm und sagen ‚den fehlen wir!' Und ebenso fehlen sie die schönen alten Dampfschiffe ‚Albatros', ‚Erst-Günter', ‚Feodora' und wie sie alle hießen."

„Lorenzen, sprechen Sie richtiges Deutsch!"

„Nein, wenn ich mir an einem Platz auf dieser Welt

gestatten dürfte, flensburgisch zu sprechen, dann hier, wo einst die Fördeschifffahrt geblüht hat. Denn was wäre Flensburg ohne die, und was wäre die Fördeschifffahrt ohne die Petuhtanten?“

„Was ist das denn?“

„Um es kurz zu sagen: Das waren Flensburger Hausfrauen jenseits der Lebensmitte, die lautstark und neugierig, häkelnd und schwatzend, mit einer Dauerkarte versehen – eben einer Partoutkarte – jeden Tag zum Kaffeetrinken irgendwohin mit dem Schiff fuhren. Und das besonders in der Zeit vorm Ersten Weltkrieg. Sie sind schuld an dieser eigenwilligen Sprache, in der man in Flensburg redete und auch manchmal heute noch redet.

Ich hab ja gestern schon versucht, euch das ein bisschen zu erklären.“

„Dein Freund Peter Kehrwieder meint ja sogar, diese Sprache wäre ein wesentlicher Bestandteil des Flensburger Witzes, oder?“

„Also bei unserem Freund Heiner kann man nur hoffen, dass er selbst merkt, wie komisch er manchmal spricht“, meinte Hagedorn etwas missbilligend. „Als er da vorhin so leichtfertig Dativ und Akkusativ verwechselte, zog es mir schier die Schuhe aus.“

„Ach, du alter Pauker“, lachte Ruth, „vergiss deine Weisheiten und leihe dein Ohr der Stimme des Volkes! Ich will jetzt mehr von den Petuhtanten hören, denn ich will sie mir vorstellen können.“

„Ja, szeh Liebbe, wenn die szollten afsteh mit'n Schiff, denn szahen szie szu un kriegen ein Platz, wo es nich szuchte, un wenn da szon Pjatt beikam un szetzen sich da auf, szo schubsten szie ihn wech un szagten ‚das is mein Platz Szie sitzen auf!‘ Un mennigmal hatten szie Schau un binden die Türen szu! Un wenn szie kamen szu Szandacker, szo prahlten szie: ‚Szeh um Laube, Liebbe, wer ihr hat, der is das szein!‘ Un den Szucker, was über war, den kriegten szie szich in ihm Paas für und kochen Marmelade mit ein.“

„Das hört sich wahrhaftig gut an, und du sprichst es,

scheint mir, mit großer Perfektion. Redet man denn wirklich heute noch so in Flensburg?"

Heiner lachte. „Können tun viele von uns das noch, aber als Umgangssprache darf man es wohl nicht mehr bezeichnen. Es gibt aber Worte, die ständig gebraucht werden, wie ‚Schau' oder ‚Szünde' oder ‚Paas', und kein Mensch macht sich klar, dass man das woanders wahrscheinlich gar nicht versteht. Hört im Angesicht der Fördebrücke noch diesen eindrucksvollen Kurzdialog: ‚Mein Chott, Szie szitzen auf das Schiff nach Glücksburg, heute wo is der billige Tag nach Gravenstein?' ‚Wollte ich auch, Liebbe, aber chrade als wir durchgingen bei Otto Stoehr, fällt mein Kusine um un kriegt ein Schlag. Na, wir brachten ihr denn um un holten der Arzt. Szeh, un da langte es denn bloß noch für Glücksburg.'"

„Das darf doch wohl nicht wahr sein!", rief Hagedorn amüsiert. „Bitte übersetz uns das mal."

„Gern – die Frage habt ihr verstanden, nicht? Und die Antwort lautet auf Hochdeutsch: Gerade als wir bei Otto Stoehr durch den Hof hindurchgingen, fällt meine Kusine um und kriegt einen Schlag. Wir brachten sie nach Hause und holten den Arzt. Da reichte die Zeit nur noch für das Schiff nach Glücksburg. – Da drüben liegt übrigens noch die ‚Alexandra', das letzte Dampfschiff der Fördeflotte. Die Flensburger lieben sie sehr und haben sie vorm Verschrotten bewahrt."

„Also, das Thema des zweiten Abends in Flensburg lautet: die Fördeschifffahrt, klar?" Voss stand auf. „Wenn du heute wieder so schöne Geschichten drauf hast wie gestern, soll es mir recht sein. Aber vergiss nicht – vom Kompagnietor hattest du uns auch was versprochen."

„Da kommt bestimmt noch was dazu", meinte Ruth. „diese Stadt sitzt ja voller Geschichten."

Als nächstes ging Heiner mit seinen Freunden in die Marienkirche, er zeigte ihnen das Grabmal der Anna von Buchwaldt, die Käte-Lassen-Fenster, die Kanzel, las ihnen die plattdeutschen Inschriften vor an der Taufe und dem alten Stützbalken. Zuletzt führte er sie vor das Beyersche Epitaph.

„Das ist die älteste gemalte Darstellung der Stadt“, erklärte er ihnen, „von 1595, also aus der Zeit großer wirtschaftlicher Blüte. Da seht ihr den gleichen Straßenzug wie heute – vom Südermarkt bis zum Nordertor.“

„Seht mal diese blassen, ernsten Knaben in ihren schwarzen Wämsern – die hätten sicher ganz gern in ein bisschen mehr Licht und Sonne gelebt, meint ihr nicht?“, flüsterte Ruth. „Wenn man vergleicht, was zur selben Zeit in Italien gemalt wurde – das sind doch fast immer rundliche, fröhlich lachende Kinder, barfuß, mit nackten Armen und bei hellem Sonnenschein.“

„Kein Wunder, dass die so anders gucken – bei dem grauen Himmel!“ Hagedorn trat noch ein wenig näher an das Bild heran. „Was ist das für ein Schloss da oben?“ „Das ist die Duburg, davon erzähl ich euch noch.“

Als sie weiterbummelnd durch die Schrangen gingen, wollte Heiner gerade anfangen zu erklären, welche Funktion dieses alte Haus mit seinen Laubengängen früher gehabt hatte, als Hagedorn ihn unterbrach. „Ist bekannt. Findet man in mehreren deutschen Städten. Heinrich der Löwe und seine städtebaulichen Ideen haben da Pate gestanden. Verbindung zwischen Markt und Kirche. Stimmt’s? Meist waren da die Stände der Bäcker und Metzger drin.“

„Aber weißt du auch, was das ist?“ Heiner wies auf zwei eiserne Krampen an er Außenwand der Schrangen. „Das war der Pranger – hier wurden die Hals- und Fußeisen angebracht.“ Voss stellte sich davor und legte sich seine beiden Hände um den Hals. „Hilfe, Hilfe, lasst mich los, mich armen Bösewicht ... ich hab doch nur ... was hab ich eigentlich getan, um hier stehen zu müssen, hoher Rat?“

„Du hast überall herumerzählt, dass Frau Petersen was mit Herrn Hansen hat, und das ist üble Nachrede!“

„Musste man tatsächlich dafür schon an den Pranger?“, fragte Ruth.

„Du liebe Zeit, dann müssten die Leute ja heutzutage

Schlange stehen! Aber wie hübsch ist dieser Platz mit seinen alten Häusern und dem Brunnen. Ist das Poseidon da oben mit der goldenen Krone?“

„Ja, oder Neptun, was ja dasselbe ist. Das Signum seiner Macht, der goldene Dreizack, den er in der rechten Hand halten soll, wird ihm immer wieder geklaut. Man fragt sich wirklich – was soll das zu? – Übrigens da drüben, das große Haus war früher Raschs Hotel. Dann war es das Eisenwarengeschäft von Meesenburg, aber es hat fast eine Generation gedauert, bis die Flensburger zur Kenntnis nahmen, dass dieses Geschäft nicht mehr Kohlmann & Seeger gehörte. Da Herr Meesenburg aber vorher mit Kurzwaren handelte, hieß es bei meiner Großmutter immer ‚das hab ich bei Meesenburg gekauft‘, wenn sie Knöpfe oder Gummiband besorgt hatte, und ‚das ist von Kohlmann & Seeger‘, wenn es sich um Hammer und Nägel handelte.“

„Das ist mir zu hoch, hab ich nicht kapiert“, sagte Voss kopfschüttelnd. „Erklär das nochmal.“

„Nein“, lachte Heiner, „es ist überhaupt nicht wichtig. Es ist nur typisch für Flensburg: Hier hält man fest am Gewohnten. Du kannst hier nicht ohne weiteres jemanden, der immer im Norden gewohnt hat, zum Beispiel nach ‚Mürwich‘ verpflanzen. Das ist Sünde, und alte Leute können davon sterben!“

„Na hör mal, das als Sünde zu bezeichnen, ist doch wohl etwas übertrieben“, meinte Hagedorn.

„Hagedorn, vergiss nicht, du bist in einer Stadt, wo man manches anders spricht als bei dir in Wiesbaden. ‚Sünde‘ sagen wir, wenn uns etwas Leid tut.“

„Ja, und dies andere, was du gesagt hast“, warf Voss ein, „das ist glaub ich typisch für eine Kleinstadt – bis etwa 1939. Danach veränderten sich die Strukturen ja geradezu unheimlich schnell. Wir wohnten, als ich klein war, auch in so einer Stadt, und da war es ganz klar, dass man immer im gleichen Laden kaufte, und auch, dass jeder jeden kannte.“

„Jeder wusste, wo er hingehörte, und er wusste auch, wo andere Leute hingehörten“, sagte Ruth etwas nachdenklich.

„Dazu musste man allerdings manchmal gerne wissen, was eine Frau für eine Geborene war", lachte Heiner. „Meine Tante erzählte uns immer mit sehr viel Vergnügen eine Geschichte, von der sie behauptete, dass sie ihr selbst widerfahren sei. Meine Großmutter wurde dann stets etwas ärgerlich und pflegte zu sagen: ‚Lisbeth, du tühnst!' Hört zu". Sie hatten sich auf eine Bank an der Schrangenwand gesetzt und ließen sich von der Sonne wärmen.

„Also: Da sitzt Frau Hansen aus der Norderstraße im Zug nach Kiel, und zu ihr ins Abteil steigt eine elegante junge Dame, begleitet von einem höflichen Herrn. Der verstaut ihren Koffer ins Gepäcknetz und sagt: ‚Mama hat Tante Mimi schon depeschiert, dass du ankommst. Sie wird dich bestimmt in Süderbrarup vom Zug abholen lassen.' Dann gibt er ihr die Hand und verabschiedet sich. ‚Grüß Kurt', sagt er noch.

Frau Hansen sinnt oder spekuliert, wie man das in Flensburg nennt, denn sie ist sehr neugierig. Seine Frau konnte das nicht gewesen sein, dann hätte er sie beim Abschied geküsst. Außerdem konnte Frau Hansen noch nicht feststellen, ob ihr Gegenüber verheiratet war oder nicht, denn es trug noch Handschuhe. Also – sie nahm erstmal an, das war der Bruder gewesen, er hatte von ‚Mama' gesprochen. Mimi ... Nähe Süderbrarup ... halt! Mimi Jessen aus der Knuthstraße war seiner Zeit auf einen Gutshof in der Nähe von Süderbrarup verheiratet worden! Wie hieß das da man noch? Also mal angenommen, das kleine Frollein da gegenüber ist eine Verwandte von Mimi Jessen, dann konnte sie nur ... Mimi Jessen hatte einen Bruder und eine Schwester. Der Bruder lebte schon lange nicht mehr in Flensburg – in Süddeutschland soll der sein, so in der Nähe von Hannover. Und der soll ja nur einen Sohn haben, von dem man sich erzählt – naja, das gehört nicht hierher. Aber die Schwester von Mimi Jessen, Bertha, die hatte den reichen Hugo Christiansen aus der Waitzstraße geheiratet, und die hatten – das wusste Frau Hansen genau von ihrer Kusine, der ihre Schwiegertochter war nämlich mal bei Christiansens in Stellung gewesen – einen Sohn und eine

Tochter. Die Tochter hatte sich neulichst erst verlobt, das hatte in Tante Maass, den Flensburger Nachrichten, gestanden. Mit einem jungen Mann aus Kappeln. Hieß der nicht Kurt? Frau Hansen wurde immer vergnügter. Und richtig! Ihr Gegenüber hatte den Handschuh ausgezogen und trug links einen goldenen Ring am Finger!

Und so konnte Frau Hansen gleich hinter Maasbüll – so lange hatte es immerhin gedauert – zum grenzenlosen Erstaunen der jungen Dame fragen: ‚Na, Frollein Christiansen, 'n büschen nach Kronsrade unterwegens und den Herrn Verlobten treffen?'"

Die drei Freunde lachten. „Da fragt man sich natürlich, welche Lebensform besser zu ertragen ist – sowas, oder die völlige Anonymität, in der heute so viele Menschen verloren gehen."

Über diese Frage, die Voss da aufgeworfen hatte, diskutierten sie eine ganze Weile, bis Hagedorn sagte: „Nun möchte ich aber gern noch von Heiner etwas mehr über diesen Marktplatz hören."

„Der Nordermarkt und seine Häuser haben viele Geschichten erlebt und auch viel Geschichte gesehen. Am 1. Februar 1864 gab der dänische König Christian IX. mit großem Gefolge ein Essen da drüben in Raschs Hotel, und ein paar Monate später nahm der preußische Generalstab mit dem Kronprinzen und Feldmarschall Moltke bei Madame Rasch Quartier. So schnell kann sich ein Blatt wenden in der Politik. Das wird mein drittes Thema heute Abend sein – ich möchte euch Erinnerungen aus diesen wechselvollen Tagen vorlesen, hier am Nordermarkt erlebt von einem kleinen Mädchen und fünfzig Jahre später aufgeschrieben."

„Das muss ein schönes Hotel gewesen sein da drüben – man kann sich richtig vorstellen, wie sie gekommen sind mit feinen Kutschen, und sicherlich gab es erlesene Menüs – ob die schon fließendes Wasser hatten?", fragte Ruth in die Runde. Seit der Schilderung der sanitären Verhältnisse im alten Flensburg war sie etwas vorsichtiger geworden mit ihrer Begeisterung für ein idyllisches Leben im vorigen

Jahrhundert. „Sie annoncierten jedenfalls mit ‚Postamt, Pferdestall, Wagenremisen und Bäder', also hätte dir sicherlich der Hausdiener einen Bottich mit heißem Wasser in dein Zimmer gestellt.

Aber etwas besonders Feines gab es dort noch: Hohls Austernkeller, später Hohls Halle genannt. Dort bot Herr Hohl, Schauspieler und Tenor, nicht nur gastronomische Freuden an, sondern auch dramatische Vorlesungen, zusammen mit seiner Gemahlin, die auch Schauspielerin von Profession war. Beide spielten und sprachen verschiedene Rollen mit oft wechselnden Kostümen. Nebenbei gesagt hatte Madame Hohl auch einen Verleih von Maskeraden-Anzügen sowie eine Leihbücherei, sodass man mit Recht behaupten kann, sie habe einen großen Teil der kulturellen Bedürfnisse in Flensburg zu befriedigen gewusst."

„Das hätte ich erleben mögen", rief Ruth entzückt, „ein Drama für mehrere Personen von zwei Schauspielern in schnellem Wechsel dargeboten ..."

„Da wärest du wahrscheinlich gar nicht reingekommen", bemerkte Voss. „Frauen hatten zu solchen Lustbarkeiten meist gar keinen Zutritt."

„Aber in Hohls Halle hätte sie gedurft", das wusste Heiner genau.

„Die Kritik vermerkte ausdrücklich, dass auch Damen zuschauen konnten, weil die Stücke passend waren."

„Und wisst ihr, was ich jetzt passend fände? Wenn wir uns mal nach einer warmen Mahlzeit umsehen würden", meinte Hagedorn und stand auf von der Bank. „Es braucht nicht viel zu sein, aber euer Gerede von erlesenen Menüs und Austern hat eine gewisse Regung in meinem Magen hervorgerufen. Hast du einen Vorschlag, Einheimischer?"

Heiner überlegte nicht lange. „Wir gehen ins Alt Flensburger Haus, das wollte ich euch sowieso noch zeigen. Es ist ein schönes altes Bürgerhaus, ganz hier in der Nähe. Da wohnte früher die Familie Eckener, und die beiden Söhne sind weit über Flensburg hinaus bekannt geworden. Ich hoffe, ihr wisst zumindest über den einen Sohn etwas?“

„Eckener – Hugo Eckener, natürlich, der berühmte Zeppelin-Kapitän!“, rief Voss, „das war ein großartiger Mann, ich habe vor gar nicht langer Zeit ein Buch über ihn gelesen. Nebenbei – den haben sie im Ausland zu allen Zeiten hoch geachtet, auch als man sonst nicht viel von uns hielt.“

„Und sein Bruder war Alex Eckener – sagt euch der Name etwas?“

„Kann es sein, dass ich von ihm wunderschöne Storm-Illustrationen gesehen habe?“, fragte Ruth. „Ja, er war Maler und Graphiker, er lebte später in Stuttgart, und die Schwaben nehmen ihn auch gern für sich in Anspruch. Aber ich denke, wenn man seine Bilder sieht mit dieser Sensibilität für die Stimmungen unserer Landschaft, weiß man, dass seine eigentliche Heimat der Norden ist.“

Sie waren vor dem Alt Flensburger Haus angekommen.

„Keine Gedenktafel?“, fragte Hagedorn.

„Doch, es gibt eine“, sagte Heiner, „aber sinnigerweise hängt die am Hofeingang. Nun ja, wir sind eben bescheiden in Flensburg und protzen nicht mit unseren großen Söhnen. Ihr solltet euch das schöne Haus in Ruhe ansehen, ehe wir reingehen. Es ist ein typisches Flensburger Bürgerhaus des 18. Jahrhunderts. Diese ‚Utluchten‘ links und rechts vom Eingang fand man an vielen Häusern, und die Stuben dahinter waren sehr beliebt, denn wenn man einen Fensterplatz hatte, konnte man viel mitkriegen, was auf der Straße passierte. Kam jemand Bekanntes, klopfte man an, um zu einem kleinen Schnack hereinzunötigen. Besonders schön war die Fensternische, wenn draußen ein ‚Spion‘ hing, so ein Zauberspiegel, mit dem man die ganze Straße entlangblicken konnte.“

„Das Fernsehen des 19. Jahrhunderts“, warf Voss ein.

Heiner öffnete die Tür und ließ seine Freunde eintreten.

„Die gepflasterte Diele, das schöne Treppenhaus, die rückwärtige Tür zum Hof und der Gewölbekeller – das sind alles noch Bestandteile dieser alten Häuser. Als man beschloss, dieses hier unter Denkmalschutz zu stellen und ein Restaurant draus zu machen, wurde es mit Möbeln aus dem Museum ausgestattet, sodass man wirklich das Gefühl hat, man sei zu Besuch in alten Tagen."

Während des Essens wurde viel gelacht, denn als die Bedienung kam und Heiner auf gut flensburgisch fragte: „Soll ich ein Bier haben?", kamen noch einmal die Petuhtanten und ihre vielen lustigen Geschichten auf den Tisch, und Ruth lachte ein paar Mal so laut los, dass Hagedorn zuletzt sagte: „Man kann eigentlich nicht mit dir in ein feines Lokal gehen", und Heiner fügte hinzu: „Nee, man kann dich nicht gut bekannt sein."

DER ZWEITE ABEND

Bier und Krabben: Schiffergelag und Dampfschiffspavillon

AM ENDE DIESES ZWEITEN TAGES saßen sie wieder vor Heiners großem Fenster. Sie hatten nach dem Essen eine Schiffsfahrt nach Kollund gemacht, waren durch den Wald zurückgewandert und hatten bei der kleinen Brücke an der Schusterkate die Grenze überschritten.

Heiner war dabei, Krabben auszupulen. „Eh die nicht fertig sind, gibt es nichts zu essen“, sagte er. „Und ihr könnt gerne dabei helfen.“ Dabei gab er jedem der drei eine kleine Schüssel mit Krabben. „Nun man los – wer was zu essen haben will, muss sich an die Arbeit machen.“

Natürlich hatten sie den Dreh nicht so schnell heraus, aber sie brachten schließlich doch auch ihr Häufchen ausgepulten Krabbenfleisches zustande.

Dann gab es Schwarzbrot, Räucheraal und Krabben und dazu Flensburger Bier und Bommerlunder.

„Heute Abend stelle ich euch andere Spezialitäten vor als gestern“, sagte der Hausherr. „Zu Aal kann man keinen Grog trinken.“

Es wurde natürlich eine herrliche Mahlzeit, sie prosteten sich zu und fanden, dass sie lange nicht so gut gegessen hätten, und dass selbst ausgepulte Krabben unvergleichlich gut schmeckten.

„Aber nun wieder an die Arbeit, Hein Afrika“, meinte Hagedorn und lehnte sich satt und zufrieden in seinem Stuhl zurück. „Du hast uns allerhand versprochen für heute Abend.“

„Da ist zuerst einmal das Schiffergelag, die alte Zunft, von der ich euch beim Kompagnietor erzählte. Ihre Tradition reicht in sehr frühe Zeiten zurück, und uralt waren auch ihre Gesetze, die sie sich selber gaben, die so genannten Schragen. Nach dem Dreißigjährigen Krieg, wo Wallensteins Truppen so gründlich in Flensburg geplündert hatten, dass auch in der Kompagnie nicht nur Türen, Treppen und Öfen, sondern auch alles Inventar verschwunden war, fehlten auch die Schragen. 1654 wurden sie aus dem Erinnern neu aufgeschrieben, und von dem Jahr an rechnet man die Tradition des alten Gelags, das damit zu einer der ältesten Zünfte in Deutschland zählt. Und auch jetzt nach 350 Jahren ist das Schiffergelag eine lebendige Gemeinschaft vieler Kapitäne und ihrer Familien. Neben der Wahrung gewisser Privilegien im Flensburger Hafen, am Ballastberg und bei der Reparatur von Schiffen hatte das Gelag in erster Linie karitative Aufgaben: Es half Seeleuten, die in Not geraten waren, und vor allem den Witwen und Waisen aus ihren eigenen Reihen. Es regelte aber auch das Leben miteinander, das Verhalten gegenüber dem Nächsten. Ich les euch mal was vor aus diesen alten Schragen:

‚Es soll gentzlich verbotten sein, dass Jemandt den andern mit Schelt- oder Schmehworten anffahre, oder uff andere weiße verunglimpffe. Auch soll Niemandt den Namen deß Herren mit fluchen oder schwehren missbrauchen, auch ein jeder sich aller unflätigen und leichtfertigen Wörtern enthalten. Wer solches thut, soll so offt es geschieht, den armen geben zwey Schilling ...'"

„Das sollte man wieder einführen", meinte Voss. „Vor allem im Straßenverkehr! Zwei Schilling für die Armen bei Schelt- oder Schmähworten – da würde allerhand zusammenkommen." „Hört weiter: ‚Eß sollen auch alle gelagesbrüdere schuldig sein, ihre brüdere, wan sie von Gott mit Kranckheit heimgesuchet werden, fleisig zue besuchen.' Auch wie sie sich gegenseitig im Todesfall beistehen sollten, war genau festgelegt.

Aber einmal im Jahr, am Montag nach Epiphanias, gab es ein großes Gelagsfest. Das war ein Ereignis in der Stadt, an dem etwa 200 Personen teilnahmen. Lange vorher wurde der große Saal im Kompagnietor geheizt, Mengen an Fleisch, Backzutaten und Getränken wurden eingekauft. Hier lese ich euch mal vor, was an den zwei Tagen so eines Gelagsfestes in der Küche des Kompagniegebäudes verbraucht wurde:

285 Pf. Ochsenfleisch
4 St. geräuch. Schinken
97 Pf. Kalbskeulen
9 Pf. Rauchfleisch und und und.

Hier weiter dann: 18 Pfund Kaffee, 21 Kannen Rahm, 16 Pfund Käse, 35 Pfund Butter, 68 Flaschen Rotwein, 5 Kannen Rum, zwei Tonnen Bier, das waren ungefähr 265 Liter, 3,5 Kannen Cognac, 2,5 Kannen Aquavit ... die Kanne zu knapp 2 Litern."

„Hör auf, hör auf – das müssen ja gewaltige Feste gewesen sein!"

„Gute Mägen hatten sie bestimmt, die alten Flensburger Fahrensleute, und auch ihre Frauen und Töchter werden sich nicht so viele Sorgen um die Taillen gemacht haben – zumindest nicht beim Gelagsfest.

Nach Artikel 12 der Schragen durften ‚wie uff einer fürnehmen Hochzeitt' Musiker angeheuert werden, und dann haben sie die alten Tänze getanzt: Piepenborger, Triolett, Fandango und wie sie alle hießen. Die heutigen jungen Leute des Schiffergelags lassen diese Tradition wieder aufleben und tanzen bei den Festen wie ihre Urgroßeltern. Aber: ‚niemandt, Er sey Jung oder Alt, soll einige veranlassungh zue Hader, Zweytracht und Uneinigkeit geben', auch ‚soll niemand sich verkühnen, heimblich oder öffentlich Toback zu trincken' und ‚wan ein gelagsbruder ein glass bier umbstoßt, und so viell bier uff dem Tisch gespillet wirdt, dass manß mit der handt nich bedecken kan, soll derselbe dafür ein schillingh in die Armenbüchse geben, bricht aber dass glass, soll er daßselbe zahlen, und den Armen zwey schillingh geben.'"

„Das find ich 'ne fabelhafte Sache", lachte Voss, „das werd ich bei mir zu Hause auch einführen, wenn die Gäste sich nicht benehmen!"

„Ich weiß gar nicht, ob wir darüber lachen sollen, Voss." Ruth hatte sehr nachdenklich zugehört. „Wie die ihr

Zusammenleben bis ins kleinste geregelt haben und wie sie füreinander eingestanden sind – ich finde, wir haben allen Grund, sehr beschämt zu werden, wenn wir uns das vorstellen. Da konnte man ja nicht jederzeit nach dem Staat schreien, wenn es einem schlecht ging. Und ein Glas war etwas Kostbares – wer unachtsam damit umging, musste eben an seine soziale Verantwortung erinnert werden."

„Du hast ganz Recht, Ruth", stimmte Voss ihr bei. „Wir tun eigentlich das genaue Gegenteil: Wir schmeißen alles weg und kümmern uns in den seltensten Fällen um unsern Nächsten."

„Wir haben doch vorhin schon davon gesprochen", sagte Hagedorn, „dass etwa vor 80 Jahren das Leben in einer kleinen Stadt viel überschaubarer war als heute – wie viel mehr dann erst vor 350 Jahren. Heute könnte man weder jemanden an den Pranger stellen wegen übler Nachrede noch ihn zur Kasse bitten, wenn er seinen Nachbarn mit Schmähworten anfährt."

„Klar – bloß, ob das ein Fortschritt ist, wollen wir dahingestellt sein lassen."

„Ich hab noch mehr Themen für heute Abend", sagte Heiner und legte die kleine Schrift über das Schiffergelag beiseite.

„Was wollt ihr zuerst: Förde-Schifffahrt oder den Nordermarkt?"

Sie entschieden sich für den Nordermarkt und meinten, dass es bei den Petuhtanten sicher am meisten zu lachen gebe, und das wollten sie sich gern an diesem Abend für den Schluss aufheben.

Und Heiner begann wieder: „Damals, als man den Krieg noch aus dem Wohnzimmerfenster beobachten konnte, erlebte man auch politische Wenden aus nächster Nähe, wenn man an den großen Durchgangsstraßen wohnte. Ich habe hier Lebenserinnerungen von Adele Peters, Tochter des damaligen Propsten von St. Marien, 1854 geboren, also bei der zweiten kriegerischen Auseinandersetzung zwischen Dänen und Schleswig-Holsteinern anno 1864 neun Jahre alt. Sie hat als alte Frau aufgeschrieben, was sie damals erlebt hat:

‚1863 am 13. November starb der dänische König Friedrich VII. auf Schloss Glücksburg, wo er mit seiner zur Linken angetrauten Frau, Gräfin Danner geb. Rasmussen, für einige Wochen residierte. Ende des Monats sollte seine Leiche durch Flensburg gefahren werden, um zu Schiff von der dänischen Dampfschiffsbrücke nach Kopenhagen überführt zu werden. Alle Häuser vom Hafermarkt, Angelburgerstraße, Südermarkt, Große Straße und Nordermarkt mussten illuminiert werden und die Flagge auf halbmast hängen, natürlich nur Danebrogs. Ich war bei meiner Großmutter, um den Zug vorbeifahren zu sehen. Da es sehr lange dauerte, ehe er kam, so wünschte Großmama Tee zu trinken. Wie wir eben damit angefangen, hörten wir die Trauermusik, natürlich lief auch ich ans Fenster, nahm meine Tasse mit, nicht daran denkend, dass man mich hinter den Lichtern sehen konnte. Der Zug kam, voran eine Musikkapelle, der Sarg, von vier schwarzen Pferden gezogen, viel Militär, alle höheren Beamten und eine nicht enden wollende Menschenmenge. Wir waren noch ganz erfüllt von dem Anblick und erschraken nicht wenig, als plötzlich ein Polizist die Tür aufriss und mit barscher Stimme sagte: ‚Weil hier bei dem Vorbeimarsch des Trauerzuges aus einer Tasse am Fenster getrunken sei, so wäre es ein Zeichen von Missachtung gegen die hochselige Majestät des Königs: 1 Bankthaler Strafe.‘ Meine Großmutter sagte ganz ruhig, sie hätte es keinesfalls getan, und wenn ich es im Augenblick vielleicht getan, so bedaure sie den Vorfall, aber von einer Absicht bei einem Kinde könne wohl keine Rede sein. – Er bestand aber auf seiner Forderung und zog mit einem Thaler ab.‘

Die kleine Adele erlebt dann den Rückzug der dänischen Armee, die am 5. Februar bei kaltem Frostwetter und hohem Schnee durch Flensburg kam ... ‚inzwischen waren auch auf dem Markt eine Menge Fuder Stroh ausgebreitet, und aus allen umliegenden Häusern die großen

Waschbütten hinausgestellt, die mit Pflaumen- und Biersuppen gegen Abend immer wieder heiß und von den dänischen Damen gefüllt wurden für die vielen Nachzügler, die in den Häusern kein Quartier mehr fanden.'"

„Meine Güte – die Armen!", unterbrach Hagedorn Heiner. „Stellt euch mal vor: Pflaumen- und Biersuppe auf dem Rückzug – hätte man da nicht was anderes kochen können?"

„Sie schreibt weiter: ‚Am nächsten Morgen gegen 11 Uhr war Appell auf dem Kirchhof. Der Leutnant, der im Pastorat mit 100 Dänen im Quartier war, bat Mama für den Fall, dass sie fortmüssten, um etwas Frühstück. Es wurde rasch ein Cotelet mit Ei und gebratenen Kartoffeln vorgerichtet, und gerade wie es fertig war, kam der Leutnant ganz blass angestürzt. Ich sehe ihn noch oben im Wohnzimmer in großer Erregung sein Cotelet verzehren.' Und sie beschreibt weiter, wie am nächsten Morgen die ersten preußischen Ulanen mit vorgehaltener Lanze auf den Marktplatz sprengen, gewaltig mutig und tapfer aussehen, aber auf eisglatter Straße hinstürzen.

Ihr werdet schon spüren: Da sind nicht nur Armeen aufeinander gestoßen, nein, Abgründe urverschiedener Mentalitäten taten sich auf. Und das hat sich immer in Flensburger Familien zurechtrangeln müssen – das dänische Cotelet und der preußische Schneid. Das muss man einfach verstehen, wenn man Flensburg kennen lernen und begreifen will."

Heiner legte die Blätter, aus denen er vorgelesen hatte, aus der Hand. „Habt Ihr immer noch Lust, mehr zu hören? Ihr müsst sagen, wenn ihr müde werdet."

„Nein, müde nicht", sagte Hagedorn, „nur – ich komme mir vor wie in diesem alten Film mit der Zeitmaschine – 17. Jahrhundert, 19. Jahrhundert – Gegenwart – das geht alles so schnell!"

„Also, mir macht das gar nichts aus." Voss war ganz munter. „Wenn ich noch ein neues Bier bekomme, folge ich dir willig durch alle Zeiten. Wir können ja nicht sechs Wochen bei Heiner bleiben, lieber Hagedorn, um vielleicht jedes Jahrzehnt ausführlich vor unserem geistigen Auge aufsteigen zu lassen."

„Und so viel Phantasie wirst du doch wohl haben, mein Lieber", meinte auch Ruth, „dass du dich vom Kriegsgeschehen anno 1864 umstellen kannst auf eine friedliche Fördefahrt um die Jahrhundertwende, gell?"

„Schon gut, schon gut", Hagedorn winkte ab. „Ich bin überstimmt, und euer Gequassel hat mich sowieso aus der Stimmung gerissen. Gib mir bitte auch noch ein Bier, Heiner, und dann erzähl uns vom Dampferfahren."

„Der Sprung, den wir jetzt machen, ist auch nur sehr klein. Wir schreiben das Jahr 1866, in dem die Flensburg-Ekensunder-Dampfschifffahrtskompanie gegründet wird, die sich etwa zehn Jahre später mit ihrer Sonderburger Konkurrenz zusammentut und fortan die ‚Vereinigte' heißt. Ihr Begründer, F. M. Bruhn, war ein weit schauender Mann – er mochte zwar keine Grünanlagen und keine Badeanstalten, er pflegte zu sagen ‚Bäume gehören in den Wald und Dreck ist gesund' – aber er bot den Flensburgern mit seinen Salondampfern Lustfahrten auf der Förde, die bald weit im Lande bekannt und beliebt waren. Ihr müsst euch vergegenwärtigen, dass damals ja beide Fördeufer deutsch waren, dass also ein herrlich großes Gebiet angesteuert werden konnte. Er kreierte die Partoutkarte, die den ganzen Sommer über galt und dazu berechtigte, überall hinzufahren und überall ein- oder auszusteigen. Und wie ihr wisst, gab diese Karte den Petuhtanten ihren Namen.

Wenn ihr von Herrn Bruhn oder einfach F. M., wie er überall hieß, eine typische Geschichte hören wollt:

Er musste einmal zusehen, wie der Kapitän eines seiner Schiffe nochmal wieder festmachte, um ein paar Nachzügler aufzunehmen. Das kostete – verdori – sein Geld und seine Zeit! Er ließ ein kräftiges Donnerwetter vom Stapel und wies seine Kapitäne mit Nachdruck darauf hin, dass sie pünktlich abzufahren hätten! Jedoch eines Tages wollte es das Unglück, dass er selbst zu spät dran war und schnaufend seinem Schiff winkte – es solle nochmal wieder anlegen, er wolle mit! Der Kapitän aber blieb oben auf der Brücke stehen, tippte mit dem Finger an den Mützenschirm und rief rüber: ‚Ik heff Order, to rechte Tied aftofohrn!‘

Vom alten Dampfschiffspavillon hab ich euch heute Morgen schon erzählt, aber nun müsst ihr auch Tante Christine kennenlernen, die Wirtin, die dort vor dem 1. Weltkrieg das Regiment führte. Von ihr sind viele Geschichten überliefert, die für mein Gefühl ein so klares Bild von der ‚guten alten Zeit‘ vermitteln wie die Dampfschiffe und die Petuhtanten.

An Tante Christines Mittagstisch essen täglich – gut bekocht und versorgt – ihre Stammgäste, in erster Linie Herren vom Gericht und Leutnants von der Garnison. Ein höherer Offizier, soeben nach Flensburg versetzt und noch ohne eigene Wohnung, also auch noch ohne häuslichen Herd, wendet sich mit der Bitte an Tante Christine, für die nächsten Wochen doch auch als Stammgast bei ihr einkehren zu dürfen. Aber Tante Christine hat Bedenken. ‚Ach mein chuten Herrn Oberst‘, sagt sie bedauernd, ‚entschuldigen Szie man vielmals, aber das is mich gar nich szo um Szie szu tun, denn dann bleiben all die Leutnants weg, und das szind viel bessere Verszehrers!‘

Ein andermal kommen am frühen Nachmittag zwei Herren in das Restaurant des Pavillons und wenden sich ebenso vertrauensvoll wie hungrig an Tante Christine: ‚Wir kommen gerade aus Gravenstein, wir haben noch nicht gegessen, können wir wohl noch ein kleines Beefsteak bei Ihnen bekommen?‘

‚Ach nee, meine Chuten‘, wehrt Tante Christine ab, ‚nun haben all meine Herren schon abchechessen, nu mag ich wirklich nich mehr über szein un kleien mit Büff.‘

‚Ja, was kann man dabei denn machen? Etwas essen müssen wir – wir sind wirklich außerordentlich hungrig!‘

Tante Christine ist kein Unmensch. ‚Ich will Szie was szagen: ich mach'n büschen Rührei mit Schinken‘, und schon verschwindet sie in der Küche. Kurz danach betritt der Reeder Bruhn den Pavillon und erkennt in den Gästen den Prinzen von Wales, der seine adeligen Verwandten in Glücksburg besucht, nebst dero Adjudanten. Bei erster sich bietender Gelegenheit eilt er in die Küche, um die Wirtin davon in Kenntnis zu setzen, wer in ihrem Gastzimmer auf Rührei mit Schinken wartet. Feierlich begibt Tante Christine sich zu den beiden Gästen.

‚Oh, entschuldigen Szie man, mein chute Durchlaucht, aber das hab ich ja char nich chewusst, dass Szie das sind! Wiss szolln Szie noch 'n kleine Büff haben!'

Aber dass Geben seliger denn Nehmen ist – diese Erfahrung blieb auch Tante Christine nicht erspart. Sie wurde ja von ihren Gästen sehr verehrt, vor allem von den jüngeren Herren, denen der Abschied von den mütterlichen Kochtöpfen noch ein wenig in den Knochen saß. Und so bekam die Gute doch wahrhaftig zu einem Geburtstag als gemeinsames Präsent von den jungen Referendaren und den Leutnants einen wunderbaren Kasten, mit hellblauer Seide ausgeschlagen, und darinnen lagen, fein aufgereiht, 12 silberne Kaffeelöffel. Tante Christine war tief gerührt. So viel Großzügigkeit, fand sie, hatte sie doch gar nicht verdient, und sie wusste doch, dass die jungen Herren nicht so sehr gut bei Kasse waren! Und dann so ein üppiges Geschenk! Die Kaffeelöffel passten so schön zu ihrem Muster, das sie bei feinen Gelegenheiten auflegte – nein, sie passten nicht nur gut – es war das gleiche Muster! Tante Christine nahm einen Löffel heraus, um ihn näher zu besehen. Aber dann verschlug es ihr die Sprache: ‚Dampfschiffspavillon Flensburg' stand auf der Rückseite graviert! Da hatten doch die Bengels – und anders konnte Tante Christine die jungen Herren nun wirklich nicht mehr nennen – im Laufe der Zeit immer mal einen Löffel geklaut, um sie ihr nun scheinheilig als Geburtstagsgeschenk zu präsentieren!"

„Also diese resolute Dame reiht sich würdig ein in die Schar der wackeren Flensburgerinnen, von denen du uns gestern erzählt hast", rief Ruth triumphierend. „Und was du über ihr Selbstbewusstsein gesagt hast, trifft ja auch auf Tante Christine hundertprozentig zu! Das lob ich mir –

kein bisschen falsche Ehrerbietung vor großen Tieren! Darf ich anmerken, dass es fast immer Frauen sind, von denen solche Geschichten von Ewigkeitswert überliefert wurden? Ich trink jetzt einen Bommerlunder auf die Flensburger Frauen, und ihr Männer tut gut daran, mit mir anzustoßen!" Natürlich gab es nun ein langes Gespräch über die Frau als solche und über die Frau im Besonderen, und Ruth kämpfte verbissen gegen die dreifache Übermacht.

Zum Schluss waren alle Bierflaschen leer, und alle vier versicherten sich ihrer unverbrüchlichen Freundschaft – egal, ob sie nun als Frau oder als Mann auf dieser Erde wandelten.

DER DRITTE TAG

Von der Duburg zum Südermarkt:
Gärten, feine und kleine Leute

ES WAR NUN DER MORGEN des dritten Tages, als Heiner mit seinen Freunden am Schlosswall stand, von wo sie weit über Stadt und Förde blicken konnten. Alle Kirchtürme um sie herum hatten den Sonntag eingeläutet. Sie standen ganz still beieinander und ließen sich die Morgensonne ins Gesicht scheinen.

„Ihr könnt froh sein, dass ich euch die Treppe erspart hab“, sagte Heiner. „153 Stufen sind es von der Norderstraße bis hier oben. Du warst ja immer sehr gut in Sport, Hagedorn, vielleicht hätte dir ein bisschen Konditionstraining nach dem gestrigen Abend ganz gut getan?“

„Wenn ich mit der Klasse wiederkomme, mein Lieber, dann trabe ich allen voran hier herauf – aber heute bin ich dir dankbar, dass wir uns ein bisschen schonen dürfen.“

„Nun genießt mal lieber den schönen Blick“, unterbrach Ruth die beiden. „Wir wissen doch – eure werte Kondition ist einmalig fabelhaft, aber ich möchte nun lieber von Heiner hören, was es hier oben zu erzählen gibt.“

„Hier oben stand die Duburg.“ Heiner freute sich über den schönen Morgen und war stolz auf diesen Platz, als wäre er selber der Erbauer der Duburg gewesen.

„Margarete I., Königin der Dänen, erbaute die Burg 1411 als Bollwerk ihres Reiches gegen Feinde, die von Süden kommen würden. Sie war eine sehr kluge Politikerin, die wohl die spätere Bedeutung dieser Hafenstadt sehr genau erkannt hat. Später starb sie übrigens auf einem ihrer Schiffe hier unten im Hafen an der Pest. Ihre Burg, die entweder nach dem Schlosshauptmann Jens Due den Namen hatte oder nach den vielen Tauben, die dort genistet haben sollen – Taube heißt auf dänisch due, also Taubenburg – ist das nicht ein hübsches Bild? – diese Dueburg also wurde im 18. Jahrhundert abgerissen, und man baute andere nützliche Häuser aus ihren Steinen. Zum Beispiel Flensborg Hus da unten – man kann es von hier aus sehen –, das ursprünglich ein Waisenhaus war. Es geriet ihnen ein bisschen zu groß, und so benutzten sie es sinnigerweise gleichzeitig als Armenarbeitsanstalt.

Vierzehn Straßennamen in diesem Bereich können heute noch die Phantasie des Spaziergängers beflügeln, wenn er nicht durch Hundehaufen, die es hier oben besonders reichlich gibt, abgelenkt wird. Knappenstraße, Herrenstall, Junkerhohlweg, Ritterstraße, Burgfried – übrigens da hinten, an der Ecke Schlosswall/Margaretenstraße, könnt ihr ein Relief der alten Duburg sehen."

„Gibt es nicht auch Sagen von der versunkenen Duburg?", fragte Voss, der mal eine Sagensammlung für den Unterstufengebrauch herausgegeben hatte und – wie Hagedorn jetzt anmerkte – stets gern bei passender Gelegenheit auf seine Kenntnisse hinwies.

„Ja", lachte Heiner, „wenn es in der Neujahrsnacht von St. Marien her zwölf schlägt, steht das Schloss in seiner alten Pracht wieder da. Dann erheben sich die einstigen Schlossbewohner, die Könige, Herren und Knechte, und reiten in langem Zuge einmal um das Schloss herum. Sobald der Letzte das Tor erreicht hat, schlägt es ein Uhr, und alles versinkt wieder. Ich hab mich immer gefragt, wieso eigentlich, denn es ist ja gar nicht versunken, sondern auf reelle Weise abgetragen und wieder verarbeitet worden."

„Eigentlich schade", bedauerte Ruth, „ich würde sonst gerne deswegen zu Silvester mal nach Flensburg kommen."

Hagedorn hörte ihnen offensichtlich gar nicht zu. Er fotografierte schon seit einiger Zeit und achtete nicht auf die Gespräche seiner Freunde.

„Ein phantastisches Licht", murmelte er, „da entstehen Pastellfarben, wie man sie selten sieht – hoffentlich krieg ich die richtig rein." Heiner hätte vor Freude seinem alten Gefährten am liebsten herzhaft auf die Schulter geklopft: „Nicht wahr, Hagedorn? Das ist ein herrliches Stück Erde hier oben – ich hab's euch ja immer gesagt!" Stattdessen gab er sich betont gelassen und sagte: „Wollt ihr noch länger hier oben bleiben, oder gehen wir weiter?"

Er führte sie durch den Rummelgang bis zur Toosbüystraße. „Diese Straße ist in einem Zuge gebaut – von 1900 bis 1905 – und daher findet man sie einheitlich in reinstem Jugendstil und Historismus. Hagedorn, da gibt es viel für dich zu fotografieren, denn jedes Haus ist auf besondere Weise gestaltet und verziert." „Ihr müsst bitte einen Augenblick warten", sagte der, „ich muss erst einen neuen Film reintun."

„Das passt gut, dann werd ich euch von dem Haus Nr. 21 da gegenüber erzählen. Das war früher die ‚Neue Harmonie', und zuerst hieß die Toosbüystraße auch Harmoniestraße. Es gab in Flensburg noch andere Geselligkeitsvereine, zum Beispiel die ‚Concordia', aber es gab nur eine ‚Harmonie'. Als Verein existiert sie auch heute noch; in dem schönen Ballhaus da drüben aber befinden sich jetzt eine Krankenkasse, ein Kino und ein Supermarkt. Von den schönen Festen vor dem Krieg haben meine Eltern mir viel erzählt – da haben sich einst in diesem Prachtbau viele Tanzbeine geschwungen, und manche Hoffnung wurde an zukunftsträchtige Begegnungen auf Neujahrsbällen oder Stiftungsfesten geknüpft. Und wenn sie sich dann gekriegt hatten, alles war standesgemäß verlaufen und passte fein zusammen, dann wurden hier die Hochzeiten gefeiert. Ihr müsst euch mal dies hochherrschaftliche Treppenhaus ansehen – sieht man sie da nicht hinaufsteigen in Frack und großer Toilette? Hier wurde Familienpolitik gemacht, und ich kann mir lebhaft vorstellen, wie dann die älteren Damen, die für sich und die Ihren bereits alles ins Reine gebracht hatten, voll Interesse dabeisaßen und den Tanzenden zuschauten. Die hatten sicher manchmal in ihren Köpfen Verbindungen schon eher zustande gebracht, als die jungen Leute selber es ahnten. So mag auch der schöne

Satz entstanden sein – angesichts eines etwas glücklosen Geschwisterpaares: ‚Wenn Elisabeth hatte Walter seine Schönheit, und Walter hatte Elisabeth ihre Klugheit, so war sie beide geholfen.'"

„Wie wahr, wie wahr!", rief Ruth aus. „Was hat auch eine Frau klug zu sein! So würdet ihr doch am liebsten auch heute noch die Gaben verteilen: die Klugheit für den Mann und die Schönheit für die Frau, gell?"

„O bitte nein, ‚Elfchen', nicht wieder deine Frauenrechtlerinnentour! Du weißt doch, wir finden dich schön und klug!", rief Hagedorn und nahm sie in die Arme.

„Du warst früher auch besser", brummelte sie versöhnlich, „du hättest mich nie mit Kamera vorm Bauch umarmt."

„Und ich werde dir noch was anderes bieten", rief Heiner und fasste sie um. „Pass auf, hier gab es einen Tanzlehrer, der sich wahrhaft unsterblich gemacht hat durch folgende Anleitung:

‚Ein mit die Füße, wieder aus mit sie –
hin zu die Dame, wieder weg von sie!'"

und Heiner hopste mit Ruth die Toosbüystraße hinauf. „Findest du nicht – da braucht man gar keine Tanzstunde mehr, da weiß man genau, wie's gemacht wird!"

„Darf man euch daran erinnern, dass ihr über vierzig seid?", fragte Voss etwas außer Atem, da nicht nur die Straße steil, sondern auch das Tempo der beiden Tanzenden recht schnell geworden war.

So kamen sie oben auf dem Burgplatz an.

„Wenn man hier jetzt immer weiter geradeaus geht, kommt man in die Marienhölzung, einen schönen Stadtwald, von den Flensburgern einfach nur Hölzung genannt. Wenn man ‚Hölzung' sagt, kann kein anderer Wald gemeint sein.

‚Und immer wird Mariens Hain
doch gern besucht von allen seyn,
die in der Thalstadt wohnen',

so dichtete jemand 1826, als das schöne Gasthaus im Walde eingeweiht wurde. Und das ist wirklich wahr bis auf heute und auf diesen Tag. Ich würde gern mit euch da hingehen, aber wir schaffen das gar nicht mehr alles, was ich mir vorgenommen hatte, denn wir haben ja noch lange nicht alles von der Stadt gesehen.

Hier auf der bis heute so genannten westlichen Höhe war im vorigen Jahrhundert noch fast alles nur Landschaft. Viele Mühlen gab es, 51 an der Zahl, die mit Hilfe des bei uns ja immer reichlich vorhandenen Windes den Flensburgern viel Geld in ihre Scheuern mahlten. Dies alles war früher weit außerhalb der Stadt. Hier gab es nur die Stadtfelder, auf denen das Vieh der Bürger weidete, und dann gab es hier ‚Christiansens Garten'. Zu Beginn des 19. Jahrhunderts angelegt, war dies eine Parkanlage, die sehr berühmt wurde – mit Lusthäusern, einer Reitbahn, Gewächshäusern, Grotten mit frischen Quellen, einer Kegelbahn, Fischteichen und Moosbänken zum Ausruhen. Dazu ein großer Bestand von seltenen Bäumen – und das alles stand dem Bürger zur Verfügung. Moment – ich hab mir da was aufgeschrieben: ‚Nach dem bekannten Biedersinn des edlen Besitzers stand der Park jedem gesitteten Wanderer offen.'

Ein Teil der großen Parkanlage wurde hergegeben, um einen Friedhof anzulegen, übrigens den ersten außerhalb kirchlichen Bereiches nördlich von Göttingen. Über den wollen wir gehen. Das Haus da hinten – an der Ecke der Mühlenstraße – war der Sommersitz der reichen Christiansens, und irgendwo hab ich gelesen, dass sich Frau Rachel dorthin fahren ließ von ihrem Stadtpalais am Holm, das sind zu Fuß höchstens 20 Minuten!"

Sie gingen über den alten Friedhof mit seinem schönen Baumbestand, versuchten, die Inschriften der verwitterten alten Grabmäler zu entziffern, und standen lange vor den Gräbern der Gefallenen von 1848 und 1864.

„Die armen Jungs", sagte Voss, „wie weit mussten sie von Österreich marschieren, um hier oben ein Grab zu finden! Was hatten die wohl zu tun mit der Frage, ob das Herzogtum Schleswig deutsch oder dänisch sein sollte?"

Sehr nachdenklich gingen sie weiter, überquerten die Reepschlägerbahn und standen vorm Museum.

„Fällt euch an diesem Spruch überm Portal etwas auf?“, fragte Heiner. Sie lasen ‚Arbeit stält – Kunst beseelt‘ –

„Ach, du meine Güte“, rief Ruth auf einmal lachend, „was ist das denn? Da fehlt ja ein h!“

„Wie herrlich“, Hagedorn hatte wieder seinen Fotoapparat gezückt. „Ein in Stein gehauener und für alle Zeiten verewigter Schreibfehler! Solche Raritäten zu sammeln, wäre meine Wonne.“

„Da hättest du früher etwas ähnlich Schönes überm Ballsaal des Colosseum-Etablissements in der Großen Straße finden können. Da soll gestanden haben ‚Trink und ess – Gott nicht vergess!‘“

Sie hatten vorher darüber gesprochen, dass sie bei diesem kurzen Besuch nicht ins Museum gehen wollten, aber während sie den buchenbestandenen Hang mit seinen vielen Treppenstufen zur Stadt hinunterschlenderten, erzählte Heiner ihnen vom Drechsler- und Tischlermeister Sauermann und seiner einzigartigen Sammlung bäuerlicher Möbel aus dem schleswigschen Land, die den Grundstock zu diesem Museum gebildet hatte, von seinem Schüler Emil Hansen aus Nolde in Nordschleswig und von den schönen Bauernstuben aus dem 17. und 18. Jahrhundert, die man in diesem Museum besichtigen kann.

Am Fuße der Museumstreppe hatte er dann schon wieder ein neues Thema: „Hier war in grauer Vorzeit der Platz des ‚Bythings‘oder Bürgerthing, auf dem unsere Vorfahren unter freiem Himmel Recht sprachen und ihre Angelegenheiten berieten. Für meinen Geschmack waren die Sitten damals etwas rau, denn zum Beispiel musste ein Bürger, der einen Dieb auf frischer Tat ertappt hatte, diesen Stakkel mit auf den Rücken gebundenen Händen persönlich auf das Thing bringen und ihn dann auch selbst aufhängen!“

„Fürwahr – für beide Beteiligten kein Vergnügen!“, rief Voss, „aber vielleicht hat diese Art der Selbstjustiz ja auch manchen feinfühligen Geschädigten davon abgehalten,

Anklage zu erheben." Er legte Ruth von hinten seinen Arm um den Hals. „Habt ihr hier auch Hexen verbrannt?"

„Haben wir – die Letzte im Jahre des Herrn 1620, aber nicht mehr an dieser Stelle."

„Wo auch immer – es war höchste Zeit, dass man damit aufhörte!"

Sie gingen die Rathausstraße hinunter, und Heiner erzählte ihnen, dass an dieser Stelle mehr als 400 Jahre lang ein schönes Rathaus gestanden hatte. Als sie es 1883 abrissen, benannten sie die Straße, die sie hier in Ost-West-Richtung entstehen ließen, just nach diesem abgerissenen Rathaus – und immer noch suchen zugereiste Menschen hier vergebens in der Rathausstraße nach einem Rathaus!

„Es war ein herrliches Gebäude – natürlich mit einem Ratskeller zum Rotweintrinken und einem Fest- und Sitzungssaal im ersten Stock, in dem auch durchreisende Theatertruppen auftraten. Ach, Freunde, und stellt euch mal vor, wie überschaubar es auch bei der Verwaltung war: Noch 1870 hatte man an Beamten zwei Stadtsekretäre, zwei Ratsdiener, einen Kopisten und zwei Boten!"

„Und heute?"

„So an die 1000, damals hatte Flensburg auch nur 21 000 Einwohner, heute 88 000."

„Und dennoch ist das ein verzogenes Verhältnis – wie überall. Die Bürokratisierung bemächtigt sich unserer in augenfälliger Weise – wie man an diesem Exempel feststellen kann."

„Hier sind wir nun", sie waren am Holm angelangt, „wenn ich mich gefühlvoll ausdrücken darf, im Herzen der Stadt. Holm und Große Straße bilden dazu die Hauptschlagadern. Beide sind seit einigen Jahren wirklich schöne Fußgängerzonen mit vielen Geschäften, Boutiquen und Straßencafés. Meine Mutter sagt aber immer, früher wär's schöner gewesen, da gab es den Holmbummel, den sich kein jugendlicher Flensburger im einschlägigen Alter entgehen ließ. Nachdem es nun nicht mehr so eng sei, wäre auch der Holmbummel in seiner eigentlichen Funktion reizlos und daher überflüssig geworden."

„Man kann sich überall in unseren Städten überhaupt nicht mehr vorstellen, wie die sich früher zurechtgedrängelt haben. Autos in beiden Richtungen, meistens auch noch Straßenbahnen, und auf beiden Seiten dann die Bürgersteige."

Sie hatten sich nach rechts begeben, um zum Südermarkt zu kommen, das war Heiners Ziel.

„Das ist aber ein schönes Haus hier die Nummer 10!", rief Hagedorn und hatte auch schon wieder seinen Fotoapparat vorm Auge.

„Ja, das ist in der Tat das so genannte Palais des reichen Christiansen, dessen Sommerhaus ihr eben auf der Höhe gesehen habt. Man findet schon noch einige schöne Fassaden hier am Holm, da hinten zum Beispiel Nr. 13, die Ratsapotheke. Aber es gibt auch Scheußlichkeiten, wegen derer man lieber sein Haupt verhüllen sollte und weinen."

„Da brauchen wir ja nicht hinzugucken", tröstete Ruth ihn. „Deine Stadt ist so schön – da lassen wir uns doch von einigen Bausünden nicht erschüttern."

Heiner sah sie so glücklich an, als hätte sie ihn nach jahrelangem Drängen soeben zum ersten Mal erhört.

„Du bist lieb, dass du das sagst", und er nahm sie mitten auf dem Holm in die Arme.

„Sag mal, darf man das hier bei euch auf offener Straße?", fragte Voss.

„Derart ermutigt und gestärkt lasst mich euch nun durch dieses schöne Haus mit seiner wahrhaft großbürgerlichen Fassade und der Nummer 19/21 hindurchführen und euch den ältesten Hof zeigen, den wir haben, und der wohl auch einer der kostbarsten ist, den es im ganzen Ostseeraum gibt. Er stammt aus der Zeit vor dem Dreißigjährigen Krieg, und er müsste gepflegt werden wie ein Kleinod. Im Vorderhaus wohnte im vorigen Jahrhundert die Familie Schmidt, das war eine der reichsten und angesehensten Familien der Stadt. Und weil ihr Haus eins der feinsten in Flensburg war, nahm 1864 der preußische

Oberbefehlshaber v. Wrangel hier Quartier. Er bewohnte drei Räume, von denen einer ihm für Konferenzen und militärische Besprechungen diente. Das Kaminzimmer daneben aber, das die Familie Schmidt als Wohnraum nutzte, war nur durch einen Vorhang davon getrennt. So konnten sie ohne Absicht und ohne Mühe alles mit anhören, was an strategischen Entscheidungen in des Marschalls Hauptquartier besprochen wurde. Auch als ihn der Hausherr darauf hinwies, ließ der Preuße sich nicht irritieren. Und wie es sich für eine richtige Flensburger Familie gehörte, hatten sie auch dänische Verwandte, und um ein Haar hätte zugleich mit der preußischen Einquartierung noch ein anderer Gast unter ihrem Dach geweilt: ein Major der dänischen Armee, der bei Oeversee schwer verwundet worden war. Ihn hielten sie im Hause versteckt, auch als die Preußen schon in Flensburg einmarschiert waren. Aber ihn dazubehalten, als der Oberbefehlshaber bei ihnen Quartier machen ließ, hätte wohl ein bisschen Glück herausgefordert, und so brachten sie ihn bei Nacht und Nebel mit einem Boot zu einem dänischen Kriegsschiff.

Wenn wir jetzt hier unten durchgehen, kommen wir auf die Süderhofenden. Wo heute in beiden Richtungen Massen von Autos und Bussen fahren, konnte man sich noch vor 150 Jahren auf einer idyllischen, baumbestandenen Promenade ergehen. Oben am Holm gab es ja auch die schmalen langen Flensburger Höfe mit Lager- und Packhäusern, die bis zum Hafen reichten, das heißt, bis zu den ‚Hofenden'. Zwischen den letzten Speichern und dieser Allee hatte man schöne Biedermeier-Gärten, und hier ergingen die Leutchen sich in abendlicher Stille und friedlicher Ruhe."

„Das kann man sich gar nicht mehr vorstellen – von Idylle und Gärten keine Spur mehr."

„Und doch findet man hier ab und an mal einen ganz alten Birnbaum oder ein kleines Eckchen mit Grün, wo man die früheren Gärten erahnen kann. Ich sah noch im vorigen Herbst an einer kleinen Mauer einen Holunderbusch, oder wie wir sagen, Fliederbeeren, der saß voller reifer Dolden, aus denen man so schönen Saft hätte machen können. Nur: direkt daneben war ein großer Parkplatz, und die Abgase haben dem alten Baum und seinen Blüten sicher nicht gut getan.

Ich habe noch ein paar Zeilen aus einer begeisterten Ode aus dem Jahre 1820 aufgeschrieben, die möchte ich euch doch gern hier mal eben vorlesen:

‚Ja, schön sind die Hofenden, ein Kleinod unsrer Stadt,
und nie ohn' Wonn'empfinden ein Fremder sie betrat.
Hab Dank für die Hofenden, du segnende Natur!
Du schufst die schöne Lage, und Kunst erhob sie nur!‘

Könnt ihr euch jetzt vorstellen, dass dieses Gebiet hier mal des Bürgers Lust und Freude war?“

„Vorstellen kann ich mir das schon, aber heiter stimmt mich diese Vorstellung nicht. Je mehr du davon erzählst, umso deutlicher wird einem, dass sich in den letzten hundert Jahren ein ganz schöner Kahlschlag vollzogen hat“, sagte Ruth.

„Da hast du natürlich Recht“, antwortete ihr Voss sogleich. „Aber ich erinnere dich nochmal an das, was wir gestern schon besprachen. Können wir das Rad zurückdrehen, und vor allem: Möchten wir das? Möchtest du wirklich leben wie unsere Großmütter gelebt haben – ohne Waschmaschine, ohne Licht und Luft – du müsstest jetzt ein Korsett tragen, einen langen Rock bis zum Boden, an dein Gesicht dürfte keine Sonne kommen – und ganz gewiss dürftest du nicht mitreden, wenn wir klugen Männer uns was erzählen!“

„Gut – gut, um dieses Privilegs willen lohnt es sich, in der Gegenwart zu leben, lieber Voss, und allein darum will ich froh und zufrieden über das Heutige sein und mir ohne Wehmut die Vergangenheit vorstellen. Bist du zufrieden?“

Sie gingen durch einen der Höfe wieder zum Holm herauf. Heiner hatte ihnen vorher noch den Turm von der kleinen Johanniskirche gezeigt, damit sie doch sehen konnten, von wo aus die Besiedelung einst ihren Anfang genommen hatte. Ungefähr an der Stelle kamen sie am Holm heraus, wo in alten Zeiten der Kattsund begann, diese enge Gasse zwischen Holm und Südermarkt, die in der Erinnerung alter Flensburger eine so große Rolle spielt.

Um den Ostchor der Nikolaikirche drängelten sich früher noch einige kleine Häuser mit winzigen Läden und Kellerwirtschaften. „Wenn man sich in alten Adressbüchern mal ansieht, wer hier alles gewohnt hat!“, sagte Heiner und kramte wieder mal aus seiner Brieftasche einen Zettel mit Notizen: „Stadtbote, Goldschmied, Packträger, Mechanikus, Gymnasiallehrer, Wechselmakler, Putzmacherin, Höker, Schenckwirth, Schaffner, Frisör, Rentier – da hat man die ganze Palette des damaligen Kleinbürgertums. Gegen Ende des 19. Jahrhunderts wurden die Häuser auf der Kirchseite abgerissen.

Auf diesem Marktplatz hier war nun mehr los als auf dem etwas entlegeneren Nordermarkt, denn hier kamen die Händler und Bauern durchs Friesische und durchs Rote Tor in die Stadt hinein, um ihre Waren anzubieten. Hier gab es die kleinen Kellerwirtschaften, in denen 6 Kaffeepünsche 1 Mark kosteten, und wo die Bauern einkehrten, um ‚frische Supp mit Fleeschklümp un dicke Riis mit Rosinen‘ zu essen. Beim Pferdemarkt gab es auch abendliche Unterhaltung durch Gesang und Tanz so genannter Tingeltangeldamen. Die saßen mit dem Rücken zum Fenster, und die Bürgersfrauen machten sich ein Gewerbe, liefen durchs Haus, um die Damen von vorne zu sehen.

Fast in jedem Haus war der Kellerbewohner ein Höker – er stellte morgens links und rechts von der Kellertreppe auf, was die Bauern brauchten: Schaufeln, Bienenkörbe, Fässer und so weiter, und er verkaufte auch, was die Bauern für den täglichen Bedarf der Stadtleute mitbrachten.“

Heiner sah auf die Uhr. „Ich habe absichtlich ein bisschen länger geschnackt, damit ich die Zeit richtig abpasse, denn jetzt ist es gleich zwölf und ... hört ihr?“

‚Geh aus mein Herz und suche Freud‘ klang da das

Glockenspiel vom St.-Nikolai-Turm, und sie lauschten andächtig, bis auch der letzte Ton verhallt war.

„In dieser Kirche könnt ihr Flensburgs wohl bedeutendstes Kunstwerk sehen – den Orgelprospekt von Ringeringk. Lasst mich euch noch von ein paar Südermarkt-Menschen erzählen. Hier, in diesem schönen Pastorat mit der Nummer 15 zum Beispiel, lebte ein Geistlicher namens Boie, sein Sohn Heinrich Christian ..."

„Hainbund in Göttingen, um 1770", fiel Voss ein, „die gaben einen bedeutenden ‚Musenalmanach' heraus, in dem Klopstock verehrt wurde, aber auch Leute wie Voss und Claudius eine Rolle spielten."

„Meine Güte, wie bist du gebildet", meinte Hagedorn anerkennend, „unterrichtest du Deutsch als Hauptfach?"

„Dann weißt du vielleicht auch, dass Boies Schwester Ernestine die Frau von Johann Heinrich Voss war – aber was du vielleicht nicht weißt: Aus diesem Hause hat er sie entführt!

Und ein Haus weiter lebte einige Jahrzehnte später ein Mädchen, das zum Hafermarkt verheiratet wurde – der liegt da hinten am Ende der Angelburgerstraße, ungefähr zehn Minuten von hier. Aber sie war so vom Heimweh zerrissen, dass sie jeden Morgen laut weinend hierher lief – zum Südermarkt, wo sie zu Hause gewesen war!

Und hier – in diesem Gebäude an der Ecke zur Friesischen Straße, das übrigens das älteste Wohnhaus der Stadt ist, spielt sich eine rührende Liebesgeschichte ab zwischen einem Mädchen, das hier wohnte, so um 1785, und dem Hotelier vom ‚Stadt Hamburg', das dort gegenüberlag. Noch könnt ihr die schöne Backsteinfassade erkennen, aber was man ihr angetan hat, indem man einfach ein neues Haus völlig unorganisch dranklebte, wäre ein Witz, wenn es nicht so traurig wäre. Jedenfalls war es früher das erste Haus am Platze, und so illustre Leute wie H. C. Andersen sind hier abgestiegen."

„Erzähl die Liebesgeschichte", bat Ruth.

„Sie durften sich nicht lieben, weil ein Hotelier nicht fein genug für sie war. Und damit weder durch Briefe noch durch Blicke der geringste Kontakt hergestellt werden konnte, sperrte man die kleine Magdalena in ein Zimmer, das nur ein kleines Fenster zum Südermarkt hin hatte. Aber sie trat in eine Art Hungerstreik und wäre wohl fast daran gestorben, wenn der Hausarzt die Eltern nicht zur Einsicht gebracht hätte, indem er mit dem Sensenmann drohte, der das schöne Kind holen würde. Und da durften sie sich heiraten, aber wie der Chronist schreibt: Schwermut und Menschenscheu haben sie nie mehr verlassen."

„Wenn man das auf unsere Zeit transponieren würde – also da kann ich ja nur lachen, wenn ich mir vorstelle, dass ich meine Tochter einsperren würde!", sagte Hagedorn.

„Hier steht nun: ‚Rote Straße', ist das ein politischer Name?"

„Nein", lachte Heiner, „auf die Idee ist wohl noch niemand gekommen. Es ist schlicht und einfach falsch übersetztes Plattdeutsch – es war die Straße zu den Rodungen, zur Rude."

„Und hier – Klostergang – hattet ihr mal ein Kloster?"

„Ja, bis zur Reformation, und die Mönche haben gerade hier auf dem Südermarkt den Durchreisenden viel Gutes getan. Nach der Reformation wurden sie verjagt, nur einer blieb hier. Und was, meint ihr wohl, tat der fromme Mann? Er gründete die erste Lateinschule in Flensburg!"

„Da sei gerade du ihm nur hübsch dankbar, du Sohn dieser Stadt", sagte Voss, „wäre er nicht gewesen, würdet ihr alle in dumpfer Unwissenheit eure Tage zubringen."

„Wenn jetzt nicht Sonntag wäre, würde ich mit euch in die Rote Straße gehen und auf einem der Höfe einen gemütlichen Wein trinken, ihr glaubt nicht, mit wie viel Witz und Verstand diese alten Handwerkerhöfe restauriert und eingerichtet sind. Ich habe aber für heute noch eine Überraschung für euch – wir werden jetzt zu Mittag essen, bei mir zu Hause noch ein bisschen Schlaf nachholen, lesen oder miteinander reden, und was ich euch dann biete, werdet ihr ja sehen."

DER LETZTE ABEND

Abschied auf der Förde

AM SPÄTEN NACHMITTAG hatte Heiner seine Freunde ins Auto gepackt und war mit ihnen zum Hafen hinuntergefahren, ohne ihnen zu erzählen, was er vorhatte. Erst als er den Wagen abschloss und mit ihnen am Bollwerk entlangging, fragte Hagedorn: „Willst du mit uns segeln?"

Der Skipper von der „Frieda von Flensburg" stand schon freundlich grinsend an Deck seines Schiffes und half ihnen, an Bord zu kommen. Und während er dann das alte Schiff losmachte und mit leichtem Motorgetucker aus dem Hafen herausmanövrierte, erzählte Heiner seinen Freunden vom Museumshafen und vom Schifffahrtsmuseum.

Das wurde ein Abend aus Samt und Seide voll so vieler stiller Schönheit, wie die Flensburger ihre Stadt und ihre Förde am liebsten mögen und Gästen auch am liebsten vorführen. „Hat man so einen hellen Sommerabend schon mal erlebt?", fragte Ruth nun schon zum dritten Mal, und Hagedorn wiederholte sich auch ständig, indem er vor sich hinmurmelte: „... dieses Licht ... dieses Licht ... hoffentlich krieg ich das rein ...", und er ließ den Auslöser seiner Kamera nicht zur Ruhe kommen.

„Man könnte auf die Idee kommen, hier wäre die Welt noch in Ordnung", fand Voss, während sie durch das stille Wasser auf die Ochseninseln zutuckerten.

„Seht mal an, wie schön ihr das jetzt findet." Heiner hatte sich an die Bordwand gelehnt und besah sich seine drei Freunde in ihrer Begeisterung. „Wenn mich in Zukunft nochmal jemand von euch fragen sollte, wieso ich hier leben will – und das mit einem Unterton, als sei ich zu bedauern, dann ..."

„Dann werden wir dir schriftlich geben, dass du in einer ganz besonderen Stadt lebst, und ..."

„Plopp" machte der Verschluss der Bierflasche, und Voss erhob sie auf die zurückbleibende Silhouette der Stadt. „Prosit Flensburg!", rief er übermütig. „Du sollst leben, und eh die hier gefühlvoll werden, sag ich dir: Du bist eine schöne Stadt!"

„Prost!", rief Ruth und „Prost!", rief Hagedorn, „vielen Dank für die schönen Tage!"

Dann rückten sie in der Abendkühle näher zusammen, betrachteten den Himmel, das Wasser und die Küste und redeten nichts mehr. In die Stille hinein sagte Heiner versonnen:

„Es gibt ein Heimatlied, das hab ich als Kind gelernt, und manchmal kommt es mir ungerufen in den Sinn. Hört mal:

Stadt im Tal umkränzt von Hügeln
waldumrauscht vom Meer bespült,
immer hab ich aller Orten
stolz mich als dein Kind gefühlt.
Spät ergrünen deine Buchen
langsam schmückt sich Flur und Hag",

und dann begann er leise zu singen:

„aber lieblich ist des Nordens
lichter, langer Sommertag",

und die anderen fielen ein:

„aber lieblich ist des Nordens
lichter, langer Sommertag."

Regionalia im HUSUM TASCHEN BUCH

Anekdoten aus Baden-Württemberg · aus Bayern · aus Berlin · aus Brandenburg · aus Hamburg · aus Hessen · aus Mecklenburg-Vorpommern · aus Niedersachsen · aus Ostpreußen · aus Pommern · aus Sachsen · aus Sachsen-Anhalt · aus Schlesien · aus Schleswig-Holstein 1 · aus Schleswig-Holstein 2 · aus Thüringen · vom Militär – **Entdecken und erleben (Reiseführer):** Mecklenburg-Vorpommerns Kunst · Niedersachsens Kunst · Niedersachsens Literatur · Ostpreußens Literatur · Schleswig-Holsteins Geschichte · Schleswig-Holsteins Kunst · Schleswig-Holsteins Literatur – **Im Gedicht:** Berlin · Niedersachsen · Schleswig-Holstein – **Humor** aus Schlesien – Schlesische **Kinderreime – Kinder- und Jugendspiele** aus Schleswig-Holstein 1 · aus Schleswig-Holstein 3 · aus Westfalen – **Kindheitserinnerungen** aus Berlin · aus Hamburg · aus Köln · vom Niederrhein · aus Oberschlesien · aus Ostpreußen · aus Pommern · aus Sachsen · aus Schlesien · aus Schleswig-Holstein · aus Westfalen – **Komponisten** aus Schleswig-Holstein – **Krippengeschichten** aus Deutschland – **Legenden** der kanadischen Indianer · aus Westfalen – **Märchen** aus Baden-Württemberg · aus Mecklenburg · aus Niedersachsen · aus Schleswig-Holstein · aus Westfalen – **Redensarten** aus Hessen – **Aus dem Sagenschatz** der Brandenburger und Schlesier · der Franken · der Hessen · der Niedersachsen und Westfalen · der Österreicher · der Ostpreußen und Pommern · der Sachsen · der Schleswig-Holsteiner und Mecklenburger · der Schwaben · der Thüringer – **Volkssagen** aus Niedersachsen – **Sagen** aus Baden-Württemberg · aus Franken · aus Hamburg · aus Mecklenburg · aus Sachsen · aus Schlesien · aus Schleswig-Holstein · aus Südtirol · aus Westfalen – **Schulerinnerungen** aus Franken · aus Hamburg · aus Mecklenburg · aus Niedersachsen · aus Ostpreußen · aus Schleswig-Holstein – **Schwänke** aus Bayern · aus Franken · aus Schleswig-Holstein · aus Schwaben · aus Westfalen – **Sprichwörter** aus Hessen – **Sprichwörter und Redensarten** aus Mecklenburg · aus Schleswig-Holstein – **Plattdeutsche Sprichwörter** aus Niedersachsen – **Weihnachtsgeschichten** aus Baden · aus Bayern · aus Berlin · aus Brandenburg · aus Bremen · aus Franken · aus Hamburg · aus Hessen · aus Köln · aus Mecklenburg · aus München · vom Niederrhein · aus Niedersachsen · aus Oberschlesien · aus Ostpreußen · aus Pommern · aus dem Rheinland und der Pfalz · aus Sachsen · aus Sachsen-Anhalt · aus Schlesien · aus Schleswig-Holstein 1 · aus Schleswig-Holstein 2 · aus Schwaben · aus dem Sudetenland · aus Thüringen · aus Westfalen · aus Württemberg – **Weihnachtsmärchen und Weihnachtssagen** aus Schleswig-Holstein – **Witze** aus Hamburg · aus Mecklenburg · aus Ostpreußen · aus Pommern · aus Sachsen · aus Schleswig-Holstein

HUSUM

HUSUM DRUCK- UND VERLAGSGESELLSCHAFT
Postfach 1480 · D-25804 Husum